ハーレクイン文庫

一夜の後悔

キャシー・ウィリアムズ

飯田冊子 訳

HARLEQUIN
BUNKO

TO TAME A PROUD HEART

by Cathy Williams

Published by Harlequin Japan, a Division of K.K. HarperCollins Japan, 2024

一夜の後悔

◆主要登場人物

フランセスカ・ウエイド……秘書。
ブライディー……………フランセスカの家の家政婦。
ルーパット・トンプソン……フランセスカのボーイフレンド。
ヘレン・スコット…………フランセスカの同僚。
オリバー・ケンプ…………フランセスカの上司。会社社長。
イモージャン・ザトラー……オリバーの元婚約者。
ブラッド・ロビンソン……オリバーの会社の部長。

1

　フランセスカ・ウエイドは気後れするタイプではない。そのものおじしない自信は、美貌や富に恵まれた人に自然に備わるものだが、彼女の場合も美人で、そのうえ裕福でもある。

　だがいまは、膝の上のケンプ・インターナショナルのＰＲ誌に目を注いだまま、明らかに緊張していた。衝動的に決心してやってはきたものの、ここは来たくなかった場所だということがすぐにわかり、逃げ出したくてたまらなくなっていたのだ。

　ＰＲ誌を読みながらも、目はちらちらと腕時計にいってしまう。いったいその男性はどこにいるのかしら？　オフィスの手前にある秘書室に案内され、ミスター・ケンプはすぐに参りますからとにこやかに告げられたのが、もう四十分も前。それからずっとここに座って待っているのに。

　ドアが開いたとき、フランセスカはほっとして顔を上げ、つのっていた怒りの表情を消そうとした。

「社長がお会いになるそうですので」この部屋に案内してくれたときと同じにこやかな顔が言う。白髪まじりの髪をうなじですっきりシニヨンにし、濃紺のスーツを着た小太りの女性だった。フランセスカは努めて愛想よく笑顔を返し、廊下の先の威嚇するようなマホガニー製のドアへと案内されていった。

すると不意に、緊張がほかの何かに変わった――恐れのようなものに。そして、ドアが開かれたとき口の中が乾くのを覚えた。

有能でまじめそうなイメージを与えるだろうと、手持ちの服の中から選んで着てきたしゃれたデザイナースーツが、いまはしゃちこばって窮屈に感じられる。こんなふうに改まった格好をするのに慣れていないせいもあるだろう。普段はカジュアルな服装のほうが好きなのだ。落ち着きなくスカートのしわを伸ばして見まわすと、背を向けて椅子にかけている人物が目にとまった。

フランセスカの後ろでドアが丁重に閉められると、椅子に座ったその人がくるりと彼女のほうを向いた。

わたしはどんな人を想像していたかしら？　何も考えていなかったわ。ただ漠然とした印象だけ。そう、それはあった。父親から彼の話を何週間も聞かされてきたのだから。ぶらぶらと遊び暮らすのはいいかげんにして仕事を見つける時期だ、と父に言われた。それにはある人物を知っているから行ってみるように。友人の息子で魅力的な男だ、と。

あれは、雨垂れも石に穴を開けるという、あの古いテクニックでわたしの反発をなしくずしにし、だんだんに説きつけようとする一種の手だったのだ。だからいまここにこうして立っていても、最近の父との話で、このいまいましいオリバー・ケンプという男のことがほのめかされないときはほとんどなかったと思い出されるのだ。

〝とにかく独力でたたき上げた男なんだ〟初めのころは父もやっきになって言った。それが、娘の生き方を勝手に決めないでとわたしがかたくなに拒み続けているうちに、微妙に言いまわしが変わってきた。〝いわゆる独立独歩の人で、こつこつ努力していまの財産を築き上げたんだ〟と。

それから生まれたイメージは、父親が感心しそうなことを次々とやってのけながら、絶壁を必死でよじ登り、お金がたまるにつれて贅肉もついてきた苦虫をかみつぶしたような顔の若者だった。

けれど、いま向き合っている男は太ってもいないし、苦虫をかみつぶしたような顔でもない。女の心をかき乱すような精悍な顔立ちで、金持仲間の坊ちゃん連中には見かけないタイプだ。目鼻立ちの一つ一つに精神の強さと積極性が表れ、ライトブルーの目は人を呪縛にかける魅力がある。

遠慮会釈なく見つめられ、フランセスカはとうとう目を伏せた。

「座って」はっとたじろぐほど、冷たい声だった。

待たせたことを詫びるわけでもない。だいたい詫びるってことをしない人なんじゃないかしら。詫びるという言葉さえ知らないかもしれないわ。

つややかな会議用のテーブルを挟んでフランセスカは彼の向かい側に腰を下ろした。テーブルの端には、パソコンと書類が数枚置いてある。

「この仕事のことはどこで？　公募はしていなかったんだが」

「父から聞きました」フランセスカはしぶしぶ白状した。なぜか無意識のうちに守勢にまわっている。

「ああ、なるほど」そう言って、また見つめる。どういう意味かしら？　フランセスカはむっとした。

「あなたが父の友人のご子息で、目下、秘書を探していらっしゃると聞きましたので」あわてて説明している自分にいっそう腹が立ってくる。「父は、わたしが興味を持つかもしれないと思ったんですわ」

「お父さんと昼食をご一緒したのはもう何週間も前だ」冷ややかに言う。「仕事を探すのにそんなに興味があるのなら、いまごろになってやっと面接を受ける気になったのはどういうわけかな？」

面接？　これが面接？　反対尋問みたいじゃない。いったいわたしがどんな悪いことをしたというの？

「ほかのところへ面接に行っていて忙しかったというのなら、もちろん話は別だが」

挑むように質問をぶつけておいて、相変わらず冷淡にフランセスカを眺めている。

「そういうわけではないんですけど」なんていやな男かしら。嫌悪感が一秒ごとにつのってくる。

「そういうわけではない？　そういうわけではないとはどういうことかな？　面接に行ったのか行かなかったのか、どっちなんだ？」

「面接はこれが初めてです」フランセスカはつぶやくように答えた。どうせこの仕事がしたかったわけじゃないもの、と自分に言い訳する。父親にうるさく言われて、仕方なくやってきただけなのだから。

「学校を出てからどれくらいになる？」にやにやしているような口調。人のことを昨日今日生まれたとでも思っているのかしら？　いつ学校を出たかなんて、父から聞いて知っているくせに。

「半年です」

「では、いままで働いてもいなければ、きみの言い分によると、仕事を探そうともしていなかったとすると、その半年もの間、いったい何をしていたんだい？　ただぶらぶらしていただけか？」

「失礼ですけど、ミスター・ケンプ」フランセスカは歯を食いしばって言った。「わたし、ここには面接にうかがったんです。いまお尋ねになっていることは、わたしにこの仕事ができるかどうかとは無関係ですわ」

「ミス・ウエイド」彼は身を乗り出し、穏やかながらも脅すような声で言った。「何が関係あって何が関係ないかを決めるのはきみではない。ぼくだ。それが気に入らないなら、ドアはきみの後ろにある」じっと見つめられ、一瞬フランセスカは本気で席を蹴(け)って出ていきたいと思ったが、なぜかこの男に脅されて引きさがるのはいやだった。「それなら」人を不安にさせるような同じ穏やかな声で言う。「このまま面接を続けるんだね?」

フランセスカはうなずいた。この人には威圧的なところがあるわ。それを、見えないコートのように身にまとっている。

「なぜもっと早く仕事を探しにかからなかったか、ぼくが言ってあげようか、ミス・ウエイド? きみのお父さんは金持だ。金持の娘は働く必要がない。仕事は確かに楽しくはないからね。夜遊びや、パーティーや、男たちとのつき合いに比べて……」

フランセスカは最後の言葉でぱっと顔を上げた。「それは侮辱です、ミスター・ケンプ! わたしのことを勝手に憶測するのは失礼でしょう」

彼は気にするふうもなく肩をすくめて立ち上がった。ぶらぶらと窓辺に寄り、片手を無造作にスラックスのポケットに突っ込み、横顔を見せてぼんやりと外の景色を眺め始める。

この人には豹(ひょう)のような優雅さがある。引き締まった筋肉質の体にも、浅黒く整った顔にも、人を脅えさせる何かがある。いずれにしても好きになれないタイプだ――それはお互いさまらしいけど。わたしを雇うつもりなんて最初からないのよ。父と知り合いだから、面接するのを承知しただけ。父の口車に乗せられて、こんなところに来るんじゃなかったわ。

〝もうそろそろ腰を落ち着けてもいいんじゃないのかね〟ゆうべ父はそう言った。〝おまえは頭がいいんだ。パーティーだの旅行だのショッピングだので遊び暮らすなんて、もったいないじゃないか〟父の声に、いら立たしげな絶望感のようなものが感じられたのは初めてのことだった。

父の言うとおりだということは認めざるをえない。学費の高い私立学校を、Aレベルを三つも取って卒業したのが十八歳のとき。大学に進むなんて考えただけでもいやだというだけの理由で、やはりとてもお金のかかる専門学校に入り、秘書コースをすんなりと卒業したにもかかわらず、仕事を見つける努力をほとんどしてこなかった。

そんな自分のイメージを思い描いて、フランセスカは顔をしかめた。お金に飽かして、着飾って、何不自由ない暮らしに満足している。連れ立って遊びまわっている仲間は、特に何もしてなくて、気まぐれに写真とか料理といった、時間は楽しくつぶせるけれど困ったことにその場限りというような講座にうつつを抜かし、人生を幸せに浪費している人たちばかりだ。

わたしはそんな人間ではないわ。それはわかっている。でもそれならどうして、自分で自分の人生を切り開こうとしないで、流れに身をまかせて生きているのかしら？

オリバー・ケンプが振り向いた。窓を背にし、わびしい冬の日が顔に深い影を落としている。

「実は、ミス・ウエイド、きみがここに来た理由がよくわからないんだ。お父さんを黙らせたいだけなら、きみは間違った場所に来たことになるね」

この人、わたしがここに入ってきてからまだ一度も笑顔を見せていないわ。

「もちろん、そんな理由で来たわけじゃありません……」どぎまぎするほど真実に近いところをつかれ、赤くなって弁解を始めたが、いきなりさえぎられた。

「本当に？」淡いブルーの目で彼女をさっと眺めまわし、非難がましい顔をする。

「お時間をさいていただいて、申し訳ありませんでした」立ち上がりながら、フランセスカはこわばった声で言った。「でも、ここに来たのは間違いだったようです。ここの仕事がどんなものであれ、わたしにはお受けできそうもありませんから」

「もう一度腰を下ろして、ミス・ウエイド。そして、ぼくの話が終わるまで、いい子だから帰ろうなどと考えないでもらえないかな」

「お話を聞くつもりはありません、ミスター・ケンプ。それに、お願いですから、子供扱いするのはやめてください」

「いいとも」落ち着き払って言う。「きみが大人らしく振る舞うようになればね。いいかげんに腰を落ち着けてほしいと、お父さんもおっしゃっていた。きみには手を焼いているとね。どんなでたらめな生活をしていたのか知らないが、見当はつく。私生活できみがなにをしようとそんなことはかまわない。だがぼくの会社は更生施設ではないし、ぼくの仕事は不良娘をまっとうな道に戻すことでもないんだ」

フランセスカは話の半分も耳に入らなかった。〝でたらめな生活〟というところで何も考えられなくなり、怒りがどっとこみ上げてきたからだ。

「なにもそんな慈善をお願いに来てるのではありません。わたしにはここに来る義理はなかったし、あなたもわたしに仕事をくださる義理はないんです」

「そのとおりだ」

「それに念のために申し上げておきますけど、わたしは不良娘でもありません」

「そうかな?」疑わしげに言ったが、実際のところはどうでもいいらしく、それ以上深追いはせずにテーブルの上のパソコンを指した。「そういう大仰な言い方はもうよして」その冷めた口調に、フランセスカはまたかっとなった。「とにかく、きみにこの仕事ができるかどうか試してみよう。パソコンの横にある書類を入力してくれないか。そのあと手紙を口述するから書き取ってくれ。お父さんによると、秘書としては優秀らしいが……」怪しいものだという顔で見られ、フランセスカは怒りに歯を食いしばった。「それが親の欲目でないかどうか」

フランセスカは愛らしくほほ笑んでみせて、端末機のほうに行った。入力なら自信がある。「親の欲目かどうかは別として」パソコンの前に座り、スイッチを入れる。「秘書コースで習ったことをすっかり忘れてしまってるかもしれません。何しろ半年もの間、パーティーや夜遊びや、それからなんだったかしら？　ああ、そう、男の人たちとつき合って、でたらめな生活をしていたんですものね」フランセスカは、またにっこりしてみせた。彼はほほ笑み返さなかったが、表情が不意に変わった。力強く精力的な顔の裏に、その横柄な態度と同じくらい人を不安にさせる魅力がちらりとのぞいた。

フランセスカは急いで視線をそらし、キーボードに軽く指を走らせて入力し始めた。オリバー・ケンプがテーブルの端にちょっと腰かけ、片手を膝に置いて見ているのが感じられる。わたしが彼の先入観のレベルまで落ちるのを待っているのね。

フランセスカはパソコンをにらんだ。わたしは自分の意思でここに来たのよ。でも、父が決めたわけではないとしても、この面接に行くようにくどくどと勧めたのは事実だ。それも、わたしがいちばん気弱になっているときをねらって。

数日前に、誤解されるような夜をあのルーパットと過ごしていなかったら、わたしはいまここにこうして座っていたかしら？　愛すべきルーパット——背が高くブロンドで、屈託がなく、お金はあるけれど分別が足りないというタイプ。父は明らかに彼が気に入らず、わたしが彼と一緒にいたと知ったとき、烈火のごとく怒った。わたしがルーパット・トンプソンに男性としての魅力をまったく感じていなくても、父の怒りに変わりはなかった。

フランセスカはオリバーの座っているほうにちらりと視線を走らせた。パパったら、わたしの人生にどうしても口出しせずにはいられないのなら、せめてこの人の半分でも人情みがあって鷹揚な人を勧めてくれればよかったのに。

フランセスカは五ページの書類を打って印刷し、澄ました顔でそれを彼に手渡した。

オリバーはざっと目を通してから、もう一度読み直している。打ち損じを探しているんだわ。きっと、あればいいと思っているのよ。あれば残念そうに首を振りながら、父に言えるんですもの――お嬢さんの力では、うちで働いていただくわけにはいきませんが、ほかならぬあなたの頼みですから、どこかよそを心がけておきましょう、と。

そうだわ、残念そうに首を振らせてあげるだけの間違いを入れておけばよかった。でもさっきは、この憎たらしい男が思っているような軽薄な不良娘ではないということを示したいと、それしか考えていなかった。残念だわ。いい考えというのはいつもあとからわいてくるのだから。

「悪くはない」入力した書類を脇に置いて、彼はドアの方へ歩きだした。ついてくるものと頭から決めている。

フランセスカは彼のあとについて、さっき四十分も座っていた秘書室に向かった。

彼自身のオフィスは秘書室の奥にあり、ドア一つでつながっていた。広々していて、デスクが二つあり、一つは彼のもので、もう一つにはパソコンの端末機とプリンターがのっていた。天井から床まで壁の一面を占める本棚は、ほかの家具と同じ上質の黒っぽい木製の造りつけで、エレクトロニクスに関する本がずらりと並んでいた。ケンプ・インターナショナルは、高性能の電子機器市場の一角を占め、常に他社に一歩先んじている。

本棚に並んだ本を見て、オリバー・ケンプの個人的な読書の趣味も同じなのかしらとフランセスカは思った。寝ても覚めても、仕事仕事の働き蜂なのかしら？

「その本棚の本全部とは言わないが、何冊かには精通しておいてもらいたい」彼女の視線を追ってオリバーが言う。「有能なタイピストというだけでは、ぼくの秘書はつとまらないからね」

「それじゃわたしにこの仕事ができると判断なさったんですか？」意外そうな顔でフランセスカは尋ねた。驚いたのかうろたえているのか自分でもわからない。「つまり、父が話したことは必ずしも親の欲目ではないと？」

オリバーは回転椅子に深くかけて両手を組み合わせた。「皮肉屋の秘書というのは感心しないな」

それなら、これまでということにします？　だが、フランセスカは口答えをのみ込んだ。

父は、自分の助言が受け入れられ、結局はわたしが自分の力でこの仕事を手に入れたと知ったら大喜びするだろう。フランセスカは父親を心底愛していた。

「申し訳ありません」フランセスカはつぶやいた。

「きみが入力できることはわかった」オリバーが言った。フランセスカの謝罪に、疑わしきは罰せずという法を適用することにしたらしい。

「それに字も読めますから、これらの本も読んで中身を自分のものにしてみせますわ」

オリバーがあきれた顔をしたので、フランセスカはあわてて口ごもりながら、適当な謝罪の言葉を並べ始めた。それが、ぶつぶつと聞き取れないほどの雑音になるまで、オリバーは辛抱強く待っていた。

「それはよかった。取り引き先から何かきいてきたときに、しどろもどろに生半可な知識で答えてもらっては困るからね」

オリバーが口をつぐんだすきに、彼女はきいた。「前の秘書はどうなさったんですか？」

「三年前にオーストラリアの娘のところに行ってしまったんだ。それからはいろいろな女性が来たが、役立たずか、場違いのインテリばかりでね」

でも、ご自分のことは気難しいとはおっしゃらないのね。そう言いたかったが、言ったところで、にらみ合いが続くばかりだろう。「そうですか」フランセスカは簡単に答えただけだった。

「きみは少なくともスペルは間違えない」オリバーは無表情に彼女を眺めた。「となると、当然、どうしてここに来たかってことになる」

「わけはご存じでしょう。わたしは手に負えないわがまま娘で……」

「本当はどうしてなんだ？　その気になれば、どんな会社にも就職できただろうに、なぜここに来た？　お父さんの話では学校の成績も抜群だったそうじゃないか。どうして大学に行かなかった？　お父さんとしては大学に行かせたかったんだろう」

「父はそうですけど」

「経済学の勉強をさせたかったんだろうな」

「父との昼食でわたしのこと以外はお話しにならなかったの？」いら立ってフランセスカはきいた。「わたしの服のサイズも好きな色も、ご存じなんじゃないかしら」

返事を期待して言ったわけではない。だがじろじろと見つめられ、不安感がさっと体を走った。これまでも男性に見つめられたことはある。実際、興味ありげな視線には慣れている。けれど、背筋がぞくっとするようなこんな感覚は初めてだ。

「サイズは八、それにきみの髪からすると、好きな色はたぶん、グリーン……ダークグリーンだ」

「わたしが大学に行かなかったのは」フランセスカは赤くなりながら急いで答えた。「勉強からしばらく解放されたかったからです」

ん小さくなる。

「いろいろ楽しみたいと……」追い詰められたねずみのような気がしてきて、声がだんだん小さくなる。

「なんのために?」

「ほう、いよいよ問題の核心に近づいたようだね」

「あら、そうかしら?」たちまちむらむらと怒りがこみ上げてきた。

「きみはこの仕事への適性をすべて備えているかもしれない。社内からの応募者もたくさんいたから、彼女たちと比べてもわかる。だからといって、私生活を職場に持ち込んでも大目に見てもらえると思ったら大間違いだよ。ぼくのところで働くってことは、単にお父さんのご機嫌をとるために我慢するゲームではないんだ。夜遊びで朝帰りして会社に遅刻だなんて姿は見たくもないからね。ぼくが何を言いたいか、わかるかい?」

「よくわかりました」フランセスカは冷ややかに答えた。

「それに、仕事もそこそこに大勢の崇拝者との電話に時間をつぶすようなまねもしてもらいたくない」

「大勢の崇拝者なんていません。父もそんなことは言わなかったはずです」

「きみを追いかけまわしているプレイボーイの話はしていたよ。プレイボーイというのは、群れたがるものだからね。ばか騒ぎするとき、一緒になって騒ぐ仲間がいないともの足りないんだろう」オリバーの顔にはあざけりの色があった。

「わたしのような人間は嫌いなんですね、ミスター・ケンプ」口調がこわばってくる。

「ああ、嫌いだね」にべもなく彼は答えた。遠まわしにものを言ったり、率直な考えを包み隠して美辞麗句を並べ立てる人ではないのだ。

「ぼくは貧乏な環境に育ったんだ、ミス・ウエイド。そして独力でここまでやってきた。面白おかしく過ごすことしか考えていないようなプレイボーイは気に入らない。それに、きみのように贅沢三昧に育って、骨の折れる仕事はしないですむのがいちばんと考え、世の中をふわふわ生きてきた女もね」

痛かった。傷つけられた怒りに、まぶたの裏がちくちくする。でもフランセスカは何も言わなかった。幼いときから甘やかされてきたことは否定できない。両親にとって遅い子のわたしが生まれたとき、父はすでに一財産を築き、さらにその何倍も資産を増やす途上にあった。

母が生きていたら事情は違っていたかしら？　そうかもしれない。けれど、母親のいないぶん、父はわたしを甘やかし、溺愛し、欲しいものはなんでも買ってくれた。あとになって気づいたのだが、父親には埋め合わせをしたいことがそれほどたくさんあったのだ。母がいないことや、仕事に時間を多くとられてかまってやれないことなどが。そして何よりも、娘への愛を父はそんな形でしか示せなかった。

でも、ものを湯水のように与えられることで、野心とかハングリー精神は欠落してしまった。フランセスカはまわりの友人たちのことを考えてみた。みんな、裕福な両親に甘やかされ大事にされて育ち、それなりの魅力はあるけれど苦労知らずで、悩みの種といってもせいぜいスキー旅行に行き損なったくらいのことだった。

「だがこれは個人的な感情だ。ぼくは個人的な感情は仕事の場には持ち込まない。きみがきみの仕事をちゃんとしてくれさえすれば、ぼくたちはうまくやっていけるだろう。だがきみが自分の職務を守らなければ、ぼくの我慢にも限界はあるからね」

二人はにらみ合った。フランセスカは喉に恐怖がこみ上げてくるのを感じた。うまくいくはずがないわ。この人はわたしを嫌っている。わたしに象徴されるすべてを嫌っているのだから。

「とても温かく歓迎されているようで感謝の言葉もありませんわ、ミスター・ケンプ」その返事には彼もしぶしぶ笑みを見せた。たったそれだけで、怖いほど気難しい顔がすっかり変わった。

オリバーは彼女を秘書室に案内しようと立ち上がり、肩越しに言った。「どうやら、きみのその辛辣(しんらつ)な皮肉は我慢するしかないらしいな。だが……」また前を向き、秘書室に入っていきながら続けた。「デザイナースーツを着てくることはないよ」デスクの端に腰を下ろし、彼女が座るのを待って身を乗り出す。「きみのためを思って言っているんだ。これからきみがつき合う相手は、きみのような上流階級のお嬢ちゃんお坊ちゃんじゃないからね」彼は手を伸ばして高価なブラウスの襟を指先でもてあそんだ。「こういうのばかり着てくると、本当にすてきな人たちから仲間外れにされてしまうよ」

彼が社長室に戻っていったあと、気がつくとフランセスカの体はこちこちにこわばっていた。やがてパソコンの横に積み上げてあった書類を整理しているうちに、ようやくリラックスできた。

十二時になって社長室から出てくると、今日はもう帰社しないとオリバーは言った。彼が上着を着てネクタイを直すのを見守り、ドアがその背後で閉まったとき、フランセスカはようやく安堵の吐息をついた。彼には緊張させられる。油断できない何かがあるわ。まるで鮫みたい。いまのところ、わたしのまわりを泳ぎ、見守るだけで満足しているようだけれど、鮫がかみつくということを忘れないようにしなくては。

五時までたっぷりかかる仕事をオリバーは残していったが、フランセスカは実際は六時半近くまで残って、彼のファイルの仕方に慣れ、本棚の本の何冊かにも目を通した。読んで理解し、覚えておくようにと言われた本だった。そのうちのどこまでが、どうせできはしないだろうと見くびって言ったことなのかはわからない。だがあの憎らしい男と仕事をするつもりなら、すべて見事にやり終えて、人をばかにした彼の言葉を取り消さなくては気がすまない。

疲労と同時に、何か実りあることをしたような、妙に高揚した気分で帰宅したが、父はニックを手に居間にいた。

留守だった。そのかわりルーパットが、ブライディーに通されたらしく、二杯目のジントニックを手に居間にいた。

彼はフランセスカの姿を見るなり言った。「きみが就職したといういやな噂が立ってるよ」

フランセスカは視線を返し、にっこりした。彼女はルーパット・トンプソンが好きだった。二年ばかりはなんとなく知っているという仲で、父親が不機嫌になるほど親しくなったのは実はここ半年ばかりにすぎなかった。父はルーパットのような人間に我慢がならないのだ。身を入れて仕事を探すか、それが見つからないなら軍隊に入るべきだと思っている。まるで、軍隊に入ればルーパットのような極楽とんぼも、たちまち精力的な仕事ロボットに変身するとでもいうように。

父親が辛抱している理由はただ一つ、二人の間には何もないと娘が繰り返し言っているからだった。ルーパットは面白い人だ。でもわたしを熱烈な恋の相手には望んでいないし、わたしもそれは同じだ。

彼女はコートを脱いで椅子にほうり、ホームバーに行ってミネラルウォーターをグラスについだ。

「そのいやな噂はね」ソファに腰を下ろし、靴をぽんぽんと脱いで横座りになった。「本当なのよ。あなたもわたしをみならったら?」

「そしてぼくの評判を落とすのかい？　いやだね」

　実はルーパットもまったく無職というわけではない。いかにも彼らしく、人に委託するということもそう見くびったものではないと決めたのだ。そして確かに彼はそうしてうまくいっている。十年前に両親が一財産と莫大な不動産を遺して亡くなったとき、その不動産を、昔から管理していた優秀なマネージャーたちの手にゆだねてしまったのだ。

　署名の必要なものには署名し、経営がうまくいっているかどうか確かめる間だけ田舎の屋敷に帰る。彼の介入はそこまでだが、働く人たちが厚遇されるようにしてあるので、みんなも忠実に尽くしてくれる。そうして手に入れた莫大な利益の何分の一かを使って楽しく陽気に暮らしているのだ。

「さあ、初めからすっかり話してくれないか」ルーパットに促されフランセスカは面接の模様を不愉快な部分は省いて話した。もともと個人的な感情を人に打ち明ける性分ではない。親一人子一人で育ったせいだろうと自分では思っている。

「ケンプ、ケンプ、ケンプか。聞いたことのある名前だな」

「その会社の電子機器が全国に出まわっているからでしょう。それに、まだまだ拡張を続けているのよ。ヨーロッパにも進出したし、アジア進出も遠からずと期待しているの」まるで宣伝用パンフレットみたい。わたしはオリバー・ケンプにそこまで洗脳されたのかしら？　フランセスカは不安になった。

「いや、そうじゃないんだ。本人のことで何か聞いた覚えがあるんだよ」

「本当？」不意に好奇心が頭をもたげたが、それを満足させるつもりはないと、自分に言い聞かせる。オリバー・ケンプのような横柄な男が私生活で何をしようとわたしの知ったことではないわ。プライド半分、やましさ半分で、少なくとも当分は彼のもとで働くけれど、それ以上の関心はないもの。

微妙な空気の変化に鈍感なルーパットは、いまもそれに気づかず続けた。「オリバー・ケンプか。どこかで顔を見たような気がするな」

「あなたはたいていの人をどこかで見てるでしょ。どう考えても引っ込み思案って柄じゃないから」

ルーパットはその言葉が気に入って、声をあげて笑った。「ハンサムな男だった」空になったグラスを思わせぶりに眺めている。フランセスカは素知らぬ顔をしていた。ただでさえルーパットは飲みすぎるんだから、それに手を貸すことはないわ。

「ミネラルウォーターならあるわよ」たまりかねて言うと、彼はあきらめたようにため息をついた。

「こういうのって、飲みすぎると体によくないんだよ」水のグラスを渡されてルーパットが言う。「聞いたことないかい？」

「ええ。あなただって聞いたことないはずよ」

「専門家によると、グラスに一杯のワインは内臓のどこかにいいそうだよ。心臓だったかな」

「内臓への供給が一日一杯だったらね」

「そうか、オリバー・ケンプは」フランセスカの言葉は無視してルーパットは言った。「ゴシップ欄にのっていたんだ。それもそう昔じゃない。だから名前に聞き覚えがあったんだ。ゴシップ欄は読んでないかい？」

「くだらないもの」彼女がつんとして答えると、ルーパットはおかしそうに笑った。

「ぼくたちの、婚約間近って記事がのってからだろう？」

「とんでもない人たちなんだから」あのときのすったもんだを思い出してフランセスカは唇を引き結んだ。ロンドンのナイトクラブを二人で出るときのスナップ写真一枚であんな記事をでっち上げるなんて。あの騒ぎのおかげで、父は娘が途方もなくばかげたことをしでかすのではないかと、あらぬ疑いを持つようになってしまったのだ。

「でも、そのオリバー・ケンプのことは事実らしいよ。婚約したんだって。イモージャンなんとかって人だよ。つい最近の婚約パーティーのときの二人の写真がのっていたんだ」

「オリバー・ケンプが婚約してる？」信じられないというように声が高くなってしまった。ルーパットが驚いて彼女を見る。

「そう……ザトラーだ」思い出せたことに得々としてうなずきながら言う。「イモージャン・ザトラーだ。ロンドンでもトップクラスのビジネスウーマンらしいよ。彼女の生い立ちの記なんてのも数行ばかり突っ込んであったんだが、生まれは北部のどこだったか」眉を寄せたが、ルーパットはとっさに思い出すのは得意ではなく、すぐにあきらめた。「若い女の出世物語ってやつさ。わかるだろう？　貧しい両親に、頭のいい娘。その娘がオックスフォードを出て、一流企業の重役陣におさまったってわけさ」

それで納得がいったわ。オリバーはわたしのことを、父親のお金で遊び暮らしている、軽薄なくだらない人間だと思っているのだ。

ルーパットは帰ろうとして立ち上がり、食事の約束をするために寄っただけなのだと言った。「きみもいまは稼いでるんだから、割り勘でいいだろ？」

「ルーパットったら、いつだって割り勘じゃない。それに、あなたの財布が挨拶もなしにミステリアスに消えてしまったなんていうのはもうだめよ」

二人は声をあげて笑い、翌日落ち合う場所を決めた。時間は七時。それなら、六時まで仕事をしても、急いで家に帰って着替えをする暇がある。

オリバー・ケンプに自分の力を証明してみせる必要がないのはわかっている。それでも心のどこかでは、自分が彼の考えているほど頭の空っぽな浮ついた娘ではないことを証明したいと願っていた。あの人はきっと、わたしが入力のテストにたじろぐと期待していたのだ。この仕事も途中で投げ出すだろうと決めてかかっている。退屈するか、難しすぎて音をあげるか、あるいはその両方だと思っている。

二階に行ってバスルームに入り、出てくるころには、彼に軽蔑されたいら立ちは怒りに変わっていた。それに彼のフィアンセのことも必要以上に考えてしまう。きっと、背が高くて、彼と同じように容赦なく人を見下す目をしているのよ。株式市場や経済の話をしているときだけが幸せという女性。話しかけるのではなく、まくし立てるタイプで、オリバー・ケンプとは理想のカップルといった女性。そして二人はもちろん、自力で道を切り開いた人間の非情さも共有しているのだろう。

父親は、フランセスカが食事を終えてコーヒーで一息つこうとしていたときに帰ってきた。そして、愛する娘が勇敢に自分で仕事を、しかも彼の勧めた仕事を手に入れてきたと知って顔を輝かした。

父はオリバー・ケンプの人柄を、初めににおわせた以上に知っていたに違いない。その証拠に、仕事もボスもすばらしいし、万事うまくいくはずだと言ったとき、明らかにほっとしていた。

「尊敬されている男だからな」父親は言った。

だれに尊敬されているっていうの？　吸血鬼とか何か、夜の闇にうごめく怪物にじゃない？

でも、まったくの冷血漢でもなさそうだわ、とフランセスカはベッドに入ってから考えた。フィアンセだってちゃんといるんだから。彼を熱い血の流れる情熱的な男性だと思うのは難しいことではなかった。そのせいか、ようやく眠りにつくころには、怒りや恨みがましさだけでなく、漠然とした不安を感じ始めていた。

2

「滑り込みセーフだ」

九時五分前にオフィスのドアを入ったとき、フランセスカを出迎えた第一声がこれだった。もっと早く出社するつもりだったが、朝寝坊に慣れた体には、七時半の起床は拷問の苦しみだったのだ。

怒りを抑えて見やったが、オリバーは彼女を見てもいなかった。

「デスクの上に置いておいた書類は全部入力してあるようだが、昨日は何時に帰ったんだ?」

フランセスカはデスクについた。今日は服装も地味にし、濃紺のすとんとしたシンプルなワンピースは、昨日のデザイナースーツとは比べものにならない。「六時ごろでした」

「馬車馬みたいに働く必要はないんだよ」本棚から本を二冊取り出して、デスクの上に置く。「頑張るのはいいが、ノイローゼになられては困る」

「どういうことですか?」本をちらちら眺めながら彼女はきいた。

働きすぎで、一週間もたたないうちに疲れたと不平を言ってもらいたくないってことだ」

「わたしは不平を言うような人間ではありません、ミスター・ケンプ」それは本当だったが、オリバーは肩をすくめただけだった。わたしがどんな人間であろうと、仕事に支障をきたさなければどうでもいいのだろう。

こんなことは初めてだった。男性から関心を示されるのには慣れている。ブロンドの髪に、それとは対照的な黒い瞳と眉。美貌(びぼう)には恵まれているほうだ。ところが、濃いまつげの下からのぞいてみたところ、オリバーはわたしの容貌に、オフィスの隅の傘立てほどの魅力も感じていないらしい。

「まずその二冊の本を読んでほしい」両手をポケットに入れたまま言う。「それで、この会社のだいたいの沿革はわかるだろう。でも、その前にぼくのオフィスに来てくれないか。この先半年分のスケジュールに目を通しておいてもらいたいんだ」

フランセスカは社長室についていき、自分の分厚いダイアリーと彼のをつき合わせ、最後の臨時雇いの秘書が辞めてから取り決められたらしい会合や会議の予定を、自分のダイアリーに書き込んだ。

それがすむとオリバーは椅子の背にもたれ、フランセスカをまじまじと見た。

この人はクールで抜け目ない感じだけど、冷ややかな瞳の奥に何かがある。どぎまぎするほどセクシーな何かが……。

「会社のことやきみの仕事のことで何か質問がないか、まだきいていなかったね？」

「最後の秘書の方はどんなことをしてらしたんですか？　三年前に辞めた方のことですけど」

口元を皮肉っぽくゆがめてオリバーは彼女を見た。「その秘書の代わりをするつもりかい？　それができた人間はまだ一人もいないよ」

「試してみるつもりです。あなたがわたしを認めてくださってないのはわかってますけど……」

「だが秘書としての能力は、お父さんがおっしゃっていたように、びっくりするほどすばらしいがね」そのよそよそしい声や、言葉の選び方から、ほかの点ではどう考えているかは明らかだ。

フランセスカは怒りを抑えた。普段はめったなことでは怒らないたちだが、そもそも、これまでこんなつっけんどんな態度をとられたことは一度もないのだ。仕事を始めて一日目ですでに、いままでの暮らしがどんなに真綿にくるまれていたものだったか思い知らされている。このビルに足を踏み入れたとたん、給料を得るためにせっせと仕事に急ぐ人の波にのみ込まれてしまったのだ。

「アイリーンはぼくの右腕だった。入力だけでなく、この会社の機能をぼくと同じくらい知っていた。ある取り引き先について何かきくと、ファイルを見るまでもなく、すぐに答えてくれた」

「模範的な方だったんですね」

「献身的と言ってほしいね。そのあとの秘書はだれもかれも、金のために働いてる連中ばかりだった」

「その非難だけは、わたしも免れそうですわ」

「確かにね。だが生活費を稼ぐ必要がないということは、仕事にあまり身が入らないってことになるんじゃないのか？」

「わたしに思い切ってやらせてみようという気にもならないんですね？」それに対してオリバーは肩をすくめただけで肯定も否定もせず、ただ相変わらず彼女をじっと見つめていた。「この会社はどうやって始められたんですか？」また何か気にさわることを言われないように、話題を変えてみた。

「銀行からのローンのおかげさ」わかりきったことをきくなと言わんばかりの口調だ。

「資金を借りて、それから？」

「中部地方に小さな販売店を出した。うちの製品もよかったが、売り出すのにもたまたまいい時機だったんだ。ほかに質問は？」

如才なく質問を待ってはいるが、退屈な女だと思っているのはすぐにわかった。フランセスカは首を振って立ち上がった。社長室を出ようとして振り返ると、彼の注意はもうほかに移り、眉を寄せてパソコンの画面を見つめている。

体よく追い払われたんだわ。こんなことは生まれて初めてだ。フランセスカは静かにドアを閉めた。

考えてみるとおかしな話――このわたしが賞賛の的にならないなんて。こんな気持、子供じみているのはわかっているけれど、笑い飛ばす気にはなれない。ちやほやされないとすぐにむくれるわがままな子供みたいだわ。それも、好きでもないオリバー・ケンプに、退屈な人間と思われただけで。

十時半に廊下側のドアが開いて、部長の一人が入ってきた。三十代半ばのブロンドの男性で、フランセスカを見るなり驚いた顔をした。

「へえ」彼は社長室のドアにさっと目を走らせてから言った。「こんなかわい子ちゃん、いままでどこに隠れてたんだい？」

フランセスカは仕事の手をとめた。「ミスター・ロビンソンですね。社長がお待ちです。お見えになったとインターホンでいまお伝えしますから」

「ブラッドでいいよ。それに急ぐことはない。どうせ五分早く来たんだから」ドアのほうをもう一度見てから、派手な色のネクタイを直す。

黙って見ていると、デスクの端になれなれしく腰かけ、身を乗り出してきた。よくいるタイプだ。

「そよ風は、いつきみを運んできたのかな?」

彼はたぶん結婚しているだろう。でも、好き勝手にする特権がまだあるつもりでいるのだ。女性の前ではいいところを見せなくてはならないと考えているのだろう。

「わたしは昨日からここで働いてますけど、風に運ばれてきたわけではありませんわ」

「わかってるさ。でも、そんなふうに見えるよ。この世の人らしからぬ美しさだから。この髪といい……」手を伸ばしてフランセスカの髪にさわる。

ふと気づくと、オリバー・ケンプが二人を見つめていた。いつからそこにいたのかしら? ドアの開く音はしなかったけれど。

「ミスター・ケンプ」フランセスカは立ち上がった。「いまミスター・ロビンソンをご案内しようと」

ブラッド・ロビンソンはばつが悪そうに顔を真っ赤にし、あわててデスクから体を起こした。

オリバーは何も言わなかった。黒いまつげに縁取られた淡いブルーの目も無表情だった。そして、そのままくるりと背を向けた。すっかりしおたれた部長がせかせかとあとを追い、二人をのみ込んで社長室のドアが閉まった。

一時間半ほどすると、ブラッド・ロビンソンが出てきてフランセスカのほうを見ないようにして通り過ぎた。フランセスカは必要以上に仕事に熱中していたが、やがてオリバーが近づいてくると、顔が赤くなるのがわかった。

「先ほどはすみませんでした」口ごもりながら言うと、オリバーが意外そうな表情で彼女を見た。

「いいとも。だが、何が？」

いつもの冷たいあざけった調子で何か一言あるだろうと思っていたので、フランセスカは驚いた。

「デスクに腰かけるように、わたしが勧めたわけではないんです。ただ……」ますます赤くなりながら彼女は続けた。

「あの男は根っからのドンファンでね、ミス・ウエイド」にこりともせずにオリバーが言う。「デスクにかけてる現場を何度押さえたか、思い出したくもないほどだ。だが、営業マンとしては優秀な男なんだよ」

「そうでしょうね」彼女はほっとした。

「だからといって、仕事中に油を売るのを大目に見るわけじゃない」

「ええ。でも、ブラッド・ロビンソンのような人の扱いなら心得ています」

「そうだろうとも。きみを一目見るなりいちゃついてくる男には慣れているだろうからね」

もちろんほめて言っているのではない。それに、彼はもう腕時計を見ている。

「このファイルなんだが」オリバーはデスクをまわって横に来た。肘まで袖をまくり上げたたくましい腕を視線でなぞっていくうちに、フランセスカは、不意に不安なうずきにとらえられた。

「はい、社長」自分の反応にうろたえて、フランセスカは言った。

「オリバーでいい。社内で上下関係が厳しすぎるのはよくない。ぼくが通るたびに社員が敬礼するなんてのはね。連中のやる気をそいでしまうよ」

「心理学でも勉強なさったんですか?」オリバーの顔を見て、あわてて言った。「ごめんなさい、わたし……」

「皮肉ばかり言うつもりはない?」オリバーはデスクの端に腰を下ろした。「きみはいままで言葉を慎む必要がなかった。だからそんなふうになったんじゃないのか?」

「どういうことですか?」

「つまりね、ミス・ウエイド、人は金持にはへつらうものだ。きみはいつの間にか、へつらわれるのが当然だと思うようになってたんじゃないのかい?」

「そんなことありません」弱々しい声で否定してみたものの、彼の言葉は当たらずとも遠からずだった。特別扱いを自分から求めたことはないけれど、相手が進んでそうしてくれることは多い。

「きみが働くのは今回が初めてだ」容赦なく彼が続ける。「そしておそらく初めて、ここではだれもきみに対して特別待遇はしてくれないってことに気づかされることになるだろう」

「ほかの人と違う待遇を受けたいとは思っていません」弁解がましく言い、見ていると心がいっそう乱れるばかりのセクシーな顔から目をそらし、彼が手をのせているファイルの山に視線を移した。

「それを聞いてほっとしたよ」オリバーはデスクから体を起こし、関心をファイルに戻した。「このファイルの中の手紙を入力してくれ。それから、きみに処理してもらいたい問題に二、三、印をつけておいたから。それと各支社長に電話して、ぼくに会いに来る日時を決めてくれ。スミス・ホールディングズの件についてはジェフリー・レイクに、明日のランチタイムまでにぼくのところに来るよう言っておいてほしい。何かわからないことはないかい?」

「いいえ、大丈夫だと思います」

笑いの影がオリバーの顔をよぎった。「ずいぶん自信があるんだね?」

「いけませんか?」

「いけなくはない」

フランセスカが目を上げ、二人の視線がぶつかった。「わたしのその自信も同じように分析できると思ってらっしゃるんでしょう。富は自信を育てるとか？　金持はみんなが自分より劣っていると思いかねない、その有利な立場から一歩進んで自分はなんでもできると思い込むのは簡単だ、って」

「上出来だ。だが自信過剰は自信のなさすぎと同じだ。プライドが高くて質問しなかったばっかりに、へまをしたりしたくはないはずだ」

「へまをするつもりはありません。〝きくは一時の恥〟がわからないほどばかじゃありませんから」

「それならいいんだ」オリバーはドアのほうに歩きだした。フランセスカはかっかしながらも、そのしなやかな足運びに見とれてしまった。「今日はもう戻らない」彼は肩越しに言った。「ぼくに用があれば、七時までは携帯電話で連絡がつくが、それ以降は何があっても明日だ」

彼が出ていくとフランセスカはパソコンに向かってファイルの中の仕事を片づけていき、各支社長にも電話して社長と会う日時を決めた。

けれど思いはすぐに、オリバーに戻ってしまう。わたしを甘やかされすぎた子供みたいに扱うなんて――仕事はできそうだけれど、それ以外はあまり取り柄がないと思っているのね。わたしにはいつも冷たく見下したような物言いしかしないんだから。デスクの端に腰かけて、人の性格を見事に洞察したときも、底にはやはり無関心さがあった。わたしのことなんて、仕事さえちゃんとしてくれればいいとしか思っていないんだわ。

　父がこれを知ったら大笑いするだろう。

　昼食抜きで仕事をし、ドアが開いたとき初めて、四時を過ぎているのに気づいてびっくりした。

「こんにちは」その短い一言で、入ってきた女性は好きになれないとわかった。デスクの脇に立って、フランセスカを値踏みするように見ている。

「なんのご用でしょうか？」

「これに社長の署名をもらってくれない？　いま、いないんでしょう？」

「ええ。どなたからとお伝えしておきましょう？」

「ヘレンよ。経理課で働いているの」

　ひどいミスキャストだわ。大きな百貨店の化粧品売り場で働いていたほうがよさそう。髪は真っ黒に染めて肩先で切りそろえ、ストレートなボブスタイルにしている。べたべたと塗りたくった顔は、まるで厚化粧をほどこした人形のようだ。けばけばしいのが好きな男性には確かに魅力があるだろうけれど。

「実はね」彼女が椅子を引っ張ってきて前に座ると、フランセスカは途方に暮れた。「みんな、あなたのことで興味津々なの。オリバーが臨時雇いの秘書をくびにして、キャシーが代わりをつとめていたと思ったら、今度はもうあなたでしょう。いったいどんな手を使ったの?」

「別に特別なことは何も」フランセスカはあいまいにごまかしたが、ヘレンは気にもしなかった。それほど興味もなかったらしい。ただまだ用があるらしく、立ち去る気配はなかった。

「とにかく、みんな死ぬほどうらやましがってるわ。わたしだって、オリバーのそばで働くためならなんでもするわ。だけど、入力が全然できないから」

「でも、あなたのお仕事も面白いでしょう」フランセスカは愛想よく言ったが、ヘレンの笑いは人の神経を逆なでするような冷たいものだった。

「それはもう、わくわくするほどね。さあ、もう行くわ。ちょっと寄って、わたしのライバルがどんな人か見てみたかったの」

「ライバル?」

「ええ、そうよ。あなたのこと、オリバー好みの知的な女性かと思っていたんだけど、違ったみたい。でも、ここだけの話だけど、彼って見せかけてるほど美人に不感症じゃないんじゃないの?」

「もしそうなら、彼を狙(ねら)う隊列に入っておきたいわけね?」

「当たり」ヘレンはにっこりしたが、目は笑っていない。「彼と寝るためならどんなことでもするわ」

「本当に？」

「あなたは？」

「まさか！」冷たく答える。「悪いけど、仕事が山のようにあるの」

「わかったわ」ヘレンはドアに向かった。「彼、明日はいるわね？」フランセスカはうなずいた。「それ、朝のうちに取りに来ますって言っておいて」そう言い捨ててヘレンは出ていき、フランセスカは後味の悪い思いで見送った。

こういうのがオフィス内の権力闘争というものかしら？　これも初めての経験だった。五時半には帰る支度ができていた。七時にルーパットに会うと思うとほっとする。優しくてお人好（ひとよ）しなルーパット。〝権力闘争〟なんて、ネオンサインのように目の前でちかちかしても、その言葉の意味さえ知らないだろう。

「疲れているようだね」ご丁寧に前庭の真ん中にとめた赤のジャガーに向かいながら、ルーパットが言った。「でも、すごくすてきだよ。ただ食事に行くだけにしてはね。本当に、気を変えてナイトクラブに行かないか？　一晩じゅう踊り明かして、少なくとも真夜中までは飲めるよ」

フランセスカは笑った。救いがたい男だわ。でも、とっても気楽な相手。二人は劇場街にある、こぢんまりしたフランス料理店に車を走らせた。ルーパットはフランセスカの気を引き立てようと、くだらないことをぺらぺらとしゃべっていたが、それでも結構楽しかった。彼は人と話しているときに意味深長な間があったりすると落ち着かないたちで、自然とおしゃべりがうまくなったのだ。

レストランの中は薄暗かった。照明を落とすとロマンチックなムードが醸し出されるというわけだ。

店のオーナーは二人をよく知っていて、片隅の小さなテーブルに案内してくれた。ルーパットはその席が好きだった。そこからは、この店の高い料金が払えるほど裕福な、劇場の行き帰りの客の出入りを眺めることができた。

特権だわ。これもお金で買える特権なのよ。

レストランを選ぶのに、財布の中身を考えてハンバーガーショップにするしかないっていうのは、どんな気持かしら？　もちろんわたしもハンバーガーは食べるし、嫌いではないけれど、それはそうしたくてすることだ。フランセスカは眉を寄せた。いままで気にもしなかったこんな問題を、なぜしきりに考えてしまうのかしら？

彼女は黙りがちに食事をし、ルーパットの無害で面白いおしゃべりに耳を傾けていた。わたしの友人はみんなこのタイプ――たわいのない、けれど、たいていはとてもお金のかかる楽しみを追い求めている人たちだ。でも何か欠けてないかしら？　まるで現実が横を素通りしていってしまっているみたい。

そしてついオリバーのことを考えてしまい、いら立った。彼は優しい人とはとても言えない――少なくとも、わたしにはそんな面は見せたことがない。でも、わたしの知っているだれよりも存在感がある。

ルーパットが何か言っている。フランセスカは愛想よくうなずきながら視線を辺りに泳がせた。すると、信じられないことにオリバーと目が合った。薄暗い店内で視線が絡み合う。連れと一緒にテーブルに近づいてくるその姿を、フランセスカはぎょっとして見つめた。

初めは、連れの女性にも気づかなかった。視線はひたすら、ダークスーツにオフホワイトのシルクのタイをした男らしい姿に引き寄せられていた。

「まあ、どうしましょう、ルーパット、こっちに来るのがわたしのボスよ」フランセスカはささやいた。

二人はオリバーが近づくまで見守っていた。それから、いつも開口一番の言葉が無神経なルーパットが、にっこりして言った。「人使いの荒いボスというのはあなたですか。さんざん聞かされましたよ」オリバーの冷たい探るような表情にもかまわず、立ち上がって陽気に続ける。「椅子を二つ引っ張ってきて合流しませんか？」

「ミスター・ケンプはテーブルを予約なさってるはずよ」フランセスカは横から口を挟んだ。

「ご一緒させていただきたいわ」連れの女性がにこやかに言い、フランセスカは初めてその女性をまともに見た。

この人がイモージャン・ザトラー？　独力で成功への階段を上り詰めたキャリアウーマン？

背が高くて、とっつきにくい感じの女性を想像していたのに、彼女は小柄で、カールした短いブロンドの髪に知的な顔をした女性だった。

「劇場からのお帰りなんでしょう？」二人が座ると、ルーパットがきいた。オリバーがうなずいてフランセスカを見た。想像どおりのプレイボーイとつき合ってるね、と言わんばかりの顔だ。

「ちなみに、ぼくはルーパット・トンプソン。世にいうどら、、、息子だけど、心は汚れなき男です」

連れの女性は声をあげて笑った。「ユニークな自己紹介だこと。わたしはイモージャン・ザトラー」それからフランセスカを見た。「お目にかかれてうれしいわ。お仕事、うまくいくといいわね。この人の秘書ったら、目まぐるしい勢いで替わるんですもの」彼女はいとしげにオリバーを見やった。

フランセスカは説明も弁明もできないような、激しい気持の乱れを感じた。

「そうらしいですね」伏し目がちにオリバーを見ながら、フランセスカは如才なく答えた。

「ミス・ウエイドはまだ必死な段階だ。自分の力を証明しようとしているんだよ」オリバーが言う。

ルーパットは面白がった。「珍しいな。きみはいままで、だれかに自分の力を証明する必要なんてなかっただろう、フランセスカ？」

オリバーのフランセスカに対する先入観をこれほど裏づける言葉はなかった。オリバーに心得顔の視線を向けられてフランセスカは弁解がましく言った。「自分の力を証明しようとしているわけではないわ。雇われた以上は、全力投球するのが当然でしょう」

「ご立派！」イモージャンが笑って言った。「ただ、彼につけ入らせないようにね！　秘書をこき使うことでは有名なんだから。だからみんな次々辞めていくんじゃないかしら？」

「おいおい」オリバーがつぶやいてライトブルーの目をフィアンセに走らせた。「それではまるで、ぼくが鬼のような男みたいに聞こえるじゃないか」

ウエイターが注文をとりに来た。ルーパットがみんなに代わって答える。「伝票だけでいい。ここにいる友人たちはぼくたちとナイトクラブに行くと決めたんだ。そうでしょう？」イモージャンを見てささやく。「そんなにすてきなドレスを薄暗いレストランだけで見せるなんてもったいない。そう思いませんか？」

イモージャンは事の成り行きを喜んでいる様子だったが、オリバーは口元をこわばらせてぶっきらぼうに言った。「ぼくはそうは思わないね」

「わたしも、このまま真っすぐうちに帰るほうがいいわ」フランセスカもあわてて言ったが、ルーパットは手を振って二人の反対を退けた。

「だめだめ、フランキー。仕事を持ったからって、人生のささやかな楽しみをあきらめることはないよ」

「面白そうじゃない？」イモージャンが言うと、オリバーは仕方がないなという目で彼女を見返した。

お互いに夢中というわけではないにしても、二人の間には深い情感のようなものが感じられる。これが愛というものかしら？　フランセスカは一気にワイングラスを干し、少しめまいを覚えた。

ルーパットが立ってイモージャンに腕を差し出した。「すてきなフィアンセをドアまでエスコートしてもかまわないでしょう？」

オリバーはいらいらし始めたらしく、フランセスカと並んで歩きだしながら冷たく言った。「きみは自分の恋人に手綱もつけておけないのか？」

「ルーパットはわたしの恋人ではありません！」

「それなら遊び友達でもなんでもいいが」

「わたしたちは子供じゃないんです」

先を歩いているイモージャンは、ルーパットの話が面白いのか声をあげて笑っている。

ルーパットはその気になればとびきりの話し上手になれる。ウイットに富み、優しく、率直で、少年のような魅力を発揮できるのだ。

「それに、ルーパットがあなたのフィアンセを横取りしても、わたしのせいではありませんから」

「イモージャンは大人だし、きみの遊び友達のようなお調子者に惑わされるほど愚かじゃないよ」

四人は冷たい夜気の中に出た。ルーパットがさっさとタクシーをとめてしまい、イモージャンが肩越しにオリバーを振り返って、なだめるようににっこりした。「わたしたち、一度もナイトクラブに行ったことないでしょう。楽しいかもしれないわよ」

眠るほうがよほど楽しそうだわ。フランセスカは不機嫌に唇を引き結んで、ナイトクラブの前でタクシーを降りた。

ルーパットはここでも顔だったが、むしろオリバーの漂わせる威厳のおかげで、四人は王侯貴族のようにうやうやしく迎えられた。フランセスカはなじみの店を見まわして気持が沈んだ。

わたしはこんなところに入り浸って、本当に楽しんでいたのかしら？　騒々しい音楽が鳴り響く中、夢中でしゃべりながらも知人を見つけようときょろきょろしている着飾った人たち。

「こんなことになってごめんなさい」フランセスカはイモージャンに小さな声で謝った。

「どうして？　気分転換になるわ。普段は仕事のことで頭がいっぱいで、あまりくつろげないから」

オリバーが、道を譲られるのが当然のようにゆったりした足取りでバーに飲み物を取りに行っている間に、イモージャンはフランセスカの腕を親しげに取った。

「ここにはよくいらっしゃるんでしょう？」

「ええ、いつも。わたしの頭には仕事のことなんて何もないから、簡単にくつろげるの」

「悪気はなかったのよ」イモージャンに優しく言われてフランセスカは頬を染めた。

「ええ、わかっています。ただ……」

「お育ちのことでオリバーにいじめられているのね。おうちがとても裕福だって彼から聞いたわ」

「ほかにはどんなことを？」二人が自分のことを話している光景を想像してフランセスカは身がすくんだ。

「彼は厳しい人だけど、でもそのうち慣れるわよ。ルーパットのような人とつき合っていれば、一種のカルチャーショックではあったでしょうけどね」

「ルーパットは……」フランセスカは弁解しかけた。

「あんな人に会ったのは初めてだわ！」イモージャンは笑い、フランセスカは彼女に対して親しみを覚え始めた。そして、ルーパットが彼女をダンスフロアに引っ張っていくのを眺めながら、しぶしぶオリバーと奥まった席に腰を下ろした。

彼が店内の女性たちの注目の的になっているのは横目使いにも見てとれたが、本人はそれを無視することにしているというより、本当に気づいていないようだ。

「きみの生き方をお父さんが心配するのも無理はないな」オリバーが身を乗り出してきて言った。

どきっとするほど親密なその声の調子に、何か好ましくないうずきのようなものを体の奥に感じ、フランセスカは急いでそれを押しやった。「こういう生き方を一生続けるつもりはなかったわ」

「ほんの半年ばかり、人に誘われるままになっていただけだというのかい？」

「そんな言い方はやめてください！　あなたのフィアンセだって楽しんでらっしゃるようですけど」

「目新しいものにはそれなりの魅力があるからね。だが長続きはしない」

「ご自分は、気晴らし一つなさったことがないようですね」

「働き蜂の前が本の虫だったってわけでもないさ」

「途中のどこかで、楽しみなんてなくてすむとお決めになったのね？」

「いや、こういうのは愚の骨頂だと思っただけだ」

「それもまたわたしへの非難？」

彼は肩をすくめた。「好きなように考えればいい」

「どうでもいいってことね」なぜか、フランセスカはそのことで心が傷ついた。

「そのとおりだ」オリバーは椅子に深くかけ直して腕時計に目を落とした。

「明日、仕事に遅れたりはしませんから」日ごろの信条も忘れ、フランセスカは飲み物をまたあおった。

「当然だろうな。どれほど遊び歩いていても仕事はちゃんとできるってことを証明するためにも」

「あなたに何も証明するつもりはありません」彼の視線を避けて、フランセスカは嘘をついた。

「なるほど、それなら」彼女を見ようともせずにオリバーは言った。「自分自身にかもしれないな」

3

「わたし、家を出ますから」

父親は驚いたような顔で心配そうにフランセスカを見た。言われた中身より言い方のせいらしい。自分でもわかっているけれど、口元はこわばり、言葉はぶっきらぼうで、表情も険しかった。でもそれほど腹が立ってたまらなかったのだ。

「アパートも見つけましたから、この週末に引っ越します。パパは二週間ばかりお留守でしょう。だから迷惑はかけないわ」

「どういうことなんだ?」

「どういうことですって?」フランセスカは立って窓際に行き、腰に両手を当てて父親に向き直った。「パパはどうしてあんなことができたの?」

二カ月よ。二カ月オリバーのもとで働いて、そのあげくがこれなんだから! 昨日の朝出社して顔を合わせたとたん、彼が不機嫌なのはわかった。その機嫌の悪さのせいか、この二カ月オリバーにひどくよそよそしくされていたせいかわからないが、心の中で何かがぷつんと切れてしまったのだ。

覚えているのは、オリバーが憎らしい顔でわたしのデスクにもたれ、二、三不正確なところがあるからと、何時間もかけて入力した書類を打ち直すように言ったことだけだ。うかつにもほどがある、とも言われた。全知全能の神じゃあるまいし、社内のことは何から何まで知っていなければいけないっていうの？

デイビッド・バスの口述を入力しただけで、それが間違っているかどうか自分にわかるわけがない。わたしはそうオリバーに言った。

すると、デイビッドとはもう話したよ、という木で鼻をくくったような答えが返ってきて、かっとなってしまったのだ。

「わたしが何をしたっていうんだ？」父親が尋ねている。フランセスカはきっとにらんだ。

「どうしてわたしを雇うようにオリバー・ケンプを脅迫したりしたの？」

独力でこの仕事を得たのだと信じ込んで、この二カ月間一生懸命働いてきたのに。オリバーから無理やり本当のことをきき出さなかったら、その幻想をいつまでも抱き続けていただろう。

父親はきまり悪そうにせき払いし、娘をなだめにかかろうとした。が、フランセスカは許せる気分ではなかった。

「おまえのためを思ってしたことだ」

「パパは彼のお父さまをよく知ってたんでしょう。幼なじみで学校も同じ。ただパパが最後にパブリックスクールに進んだとき、あちらは九人家族を養わなければならなくて、二人は別れ別れになったんですってね」

「とても頭のいい男だったんだが」

「その人がたとえアインシュタインであろうと、そんなことはどうだっていいの！」涙があふれそうになる。「父親に死なれたとき、パパがお金を送ってくれたとオリバーは言っていたわ。それで彼は大学まで出ることができたって。彼としてはわたしを雇うしかないと、パパにはわかっていたのよ」

「だがおまえは自分の意思で行ったんだよ」

「彼はパパに借りがあった。彼は借りを返すためにわたしを雇っただけだったのね」

「おまえにはあの仕事ができるとわたしにはわかっていたんだ」

「それなら、手出しせずに一人でやらせてくれればよかったのに」言い返されて父親は顔を赤くした。

「頼むから……」父は言いかけたが、フランセスカは手を振ってそれをさえぎった。

「やめて。もうすんだことだわ。でもこのことではパパを絶対許さないわ」

「大げさに考えすぎだよ。おまえにはつとまらないと判断すれば、あの男は借りがあろうとなかろうと、もうとっくにおまえをくびにしてるさ」

「わたしが言っているのは、彼を脅迫すべきではなかったということよ」フランセスカはドアに向かった。「週末に荷物をまとめるからって、ブライディーに言っておいてちょうだい」

父親とは目を合わせたくなかった。あまりに腹が立って身も心も疲れ果てていた。

「もうここでは働けません」オリバーから明かされた事実に打ちのめされて、昨日彼女は言った。

「ばかもほどほどにしてくれないか。辞表は受け取らないよ」オリバーの口調はそっけなかった。

「どうしてですか？　わたしを辞めさせられない義理があるから？」

「子供じみたまねもよしてくれ」それとは気づかずに、彼女がいっそう落ち込むに決まっていることをオリバーはずばりと言った。

そしていまも子供みたいなまねをしているのはわかっていたが、どうしようもなかった。自尊心などどこかに吹き飛んでしまい、父親になんと言われても分別など持つ気にはなれない。分別どころか、ものでも投げつけたい心境だ。だが、そうする前に部屋を出てドアをばたんと閉めた。ブライディーが何事かと階段を駆け下りてくるほどに。

翌朝出社したときも、まだ怒りはおさまらなかった。オリバーは彼女の顔を見るなり言った。「いいかげんにしてくれないか、フランセスカ」

「なんのことですか?」彼が上着を脱いでゆっくり向き直るのを、フランセスカは見守った。

「一つだけはっきりさせておこう」彼は近づいてきてデスクに両手をついた。「きみにこの仕事は無理だと思ったら、雇わなかったってことだ」

「そうでしょうとも」フランセスカがつぶやくと、オリバーは彼女の顎をつかんで彼のほうを向かせた。

「自分を哀れむ人間は我慢できない」

「どうせわたしには我慢できないんだから、これ以上どう思われようと痛くもかゆくもありません」

オリバーは首を振り、彼女を平手打ちしそうになった。だが、そうはせずに体を起こしてつかつかと社長室に向かい、ドアをたたきつけるように閉めた。

やがて金曜日になるころには、ボスとの間の険悪な空気に、フランセスカの神経は緊張の極に達していた。仕事は以前と同じようにてきぱきとこなしているものの、オリバーが近くに来ると、とたんに体がこわばった。彼も緊張を感じているようだが、だからといって事態がよくなるわけでもない。家を出る話はまだしていなかった。ぎりぎりまで延ばし、金曜の帰り際になって、さりげなく言った。

「言う必要はないかもしれませんが、家を出ることにしましたので」

「どうして？」

フランセスカは肩をすくめてドアに向かった。オリバーのほうが一歩早くその前に立ちはだかった。

「あなただけでなく、父からまで施しを受けていたら、いっそうひどいことになりますから」

「そのひどいことっていうのはなんだい？」にこりともせずにきく。「ぼくがうっかり口を滑らしたことで、きみがショックを受けたってことか？　そんなことは問題ではないとぼくがいくら言っても、きみはそれを信じるほど大人ではないってわけだ」

「ええ、そうです。わたしはどうせ子供ですから」

オリバーは唇を引き結んだ。「ぼくは以前、きみのお父さんに恩義を受けた。今度はぼくがそのお返しをした。それだけのことじゃないか」

フランセスカは黙っていた。オリバーが首を振る。

「また子供みたいなまねをしていると言いたいんでしょう？」

「読心術もやるのかい？」

「あなたに対してだけよ」とっさに言い返したが、そのあと訪れた静寂の中に、前にはなかった親密さが漂っているようだった。

「お父さんを責めてはいけない。きみによかれと思ってしただけだ」オリバーはしばらく口をつぐんでから続けた。「人事課に新しい住所を伝えておこう。ちょうどいま行くところだから」声に奇妙な響きがあったが、目が合ったとき、その表情からは何も読み取れなかった。

フランセスカは新しい住所を口にした。書きとめなくても、驚くほど簡単になんでも頭にため込んでしまう人だとわかっていたからだ。

「二日ほど休みを取るといい」脇に寄って彼女を通しながらオリバーは言った。

「いいえ、結構です」フランセスカは即座に答えた。

「そう言うだろうと思っていたよ」つぶやくように言うと、オリバーは社長室に戻ってドアを閉めた。

引っ越しは長くはかからなかった。翌日の夜七時半には、父親の家から必要なものはすべてアパートに運び終えていた。

そしていま、出窓の下に置いた二人がけのソファに腰を下ろし、フランセスカは改めて辺りを見まわした。だだっ広い父親の屋敷に比べれば、まるで人形の家のようだ。

卵一ケースでいっぱいになりそうな冷蔵庫のある狭いキッチン、バスルームのついた小さな寝室、くたびれた感じのソファに椅子が二脚の居間では、自分の寝室から持ってきたペルシア絨毯が暖炉の前でこれ見よがしに華やかに見える。

けれど、ビクトリア朝様式の建物なので天井は高く、六つの小さなアパートに分けられても、建物の優雅な線は損なわれていない。ソファにゆったりよりかかると、うれしさに口元がほころんでくる。

これが初めて味わう本当の自由なんだわ。間の悪いことが重なってここに越すことになったけれど、やはり自由はすばらしい。

お金は一種の罠だ、と父に言われたことがある。お金はなんでも与えてくれるが、けばけばしい鳥かごの桟となって、人を閉じ込め、自由を奪う。

そのとき、ドアを激しくたたく音がして、フランセスカは飛び上がった。ルーパットのはずがない。土曜の夜は出かけなくてはならないと残念そうに言っていたから。ほかの友人にはまだだれにも引っ越したと告げていない。

でもまさかオリバー・ケンプだとは思わなかった。ドアを開けて、背の高いその姿を目にしたとたん、心臓がどきどきし始めた。

オリバーは、彼女の顔をつかの間よぎった表情を見つめ、戸口にもたれた。「中に入れてくれるのかい？　それともここに突っ立ったまま顔をつき合わせているほうがいい？」

フランセスカはおとなしく脇に寄った。その横をすり抜けてオリバーが中に入ると、小さな部屋がいっそう狭苦しく見えた。

「何しにいらしたの？」ドアを閉めながら、ジーンズに色あせたブルーと白のチェックのシャツ姿がみすぼらしく見えるようで、フランセスカは気が引けた。

「引っ越し祝いをしてあげようと思って」オリバーは小さな居間を歩きまわり、ソファの前のテーブルに冷えたシャンペンを二本置いた。

「それはご親切に」

「いやに神妙だね。かけてもいいかい？」

返事も待たずに彼はコートと上着を椅子にぽんとほうってからソファに座り、シャツの袖をまくった。

「きみから引っ越すと聞いたとき、正直言って、こんなところだとは思わなかった」

「あら、そう？」シャンペンを取り上げ、彼女は伏し目がちにオリバーを見た。「もっと広くて贅沢なところを探すと思ってらした？」

「まあ、そんなことをちらっとね」

「お金持の家に生まれても、贅沢に麻痺しているわけではないわ」

「これは一本取られたな」オリバーは立ってキッチンに行き、グラスを二つ持って戻ってきた。

「お忙しいでしょうから、もう……」グラスを受け取るとき、指が触れないように気をつけながらフランセスカは言いかけた。

「帰ってほしいのかい？」

「いえ、もちろん、そんなことは……」

「だれか訪ねてくる人がいるの？」

「いいえ」

「きみが大丈夫かどうか確かめたくて来たんだ」

「どうして？」フランセスカはシャンペンを飲んだ。

「影にもおびえて棒立ちになる、神経質なサラブレッドみたいな人だから」

「そこまで認めていただけるなんてうれしいわ」相手がその気なら負けてはならないとけんか腰で言い返したが、思いがけずオリバーは笑いだした。

フランセスカはもう一口シャンペンを飲んだ。シャンペンは昔からあまり好きではなかった。もてはやされているほどおいしいとは思わない。けれど、その泡が稲光より速く頭を直撃するのは確かだった。

オリバーはグラスの縁越しに彼女を見ていた。

「本当に、なぜいらしたの？　イモージャンは？」

「イモージャンは出かけている。実は、きみのボーイフレンドと一緒なんだ」

驚いてフランセスカは口をぽかんと開けた。「ルーパットと？」

「ほかにもボーイフレンドがいるのかい？」

「どうしてルーパットと？」

「ナイトクラブに行ったんだよ」

「ナイトクラブに？」

「驚いたみたいだね。一緒にいないとき何をしてるか知らないなんて、彼とはどういう関係なんだ？」

「だからここにいらしたのね」少しがっかりしてフランセスカは言った。「わたしのことなんてどうでもよかったのね。フィアンセがあなたに隠れてルーパットと会っているものだから、わたしと話をつけにいらしたんでしょう」すき腹に二杯のシャンペンがきいて、何がどうでもよくなってくる。

オリバーが笑った。「きみと話をつける？　子供じみたことを言うなよ。イモージャンはぼくをあのいまいましい場所に引っ張っていこうとした。だが、うるさい音楽で頭はがんがんするし、あんないかがわしいところは真っ平だと思ったんでね」

「でも、気にならないの？」シャンペンをついでもらおうとグラスを差し出しながらきく。

「何が？」

「ご自分のフィアンセがほかの男の人と遊び歩いているわけでしょう？」

「ぼくは嫉妬(しっと)深いたちではないからね。それに彼女を信頼しているし。自分のものだと言い張って、人を縛りつけるのはよくないと思っているんだ」

「ずいぶん寛大ですこと」

何週間もアルコール類を口にしていなかったので、三杯のシャンペンがすごい速さできいてきた。

椅子の上で横座りになり、ちょっと飲みすぎたときの唐突なひらめきで、フランセスカはいつの間にかきいていた。「ルーパットがほかの女性と遊び歩いているから、わたしを慰めてやらなくてはと思ったのね?」頭をのけぞらせて彼女は笑った。「いやだわ、わたしとルーパットは恋人どうしでもなんでもないのに!」

オリバーは目を細めて彼女を見たが、それについては何も言わなかった。「きみが家を出ると聞いて、お父さんはどうだった?」

「とめようとはしなかったわ」グラスの縁を指でなぞり、彼女はもう一口シャンペンを飲んだ。

「引きとめられたら、やめたかい?」

「いいえ」

「お父さんにはわかっていたんだな」

「会社を辞めたいとあなたに言ったときも、わたしは本気だったわ」自分にだけわかる話の脈絡でフランセスカはつぶやいた。

「いや、本気じゃなかった。きみが認めようと認めまいと、きみは仕事が好きなんだ」

「でもあなたはどうなの? わたしに働いてもらいたい?」フランセスカは残っていたシ

ャンペンでグラスを満たした。「あなたはわたしを認めていないわ。もう借りはすっかり返したと思えば、わたしを厄介払いする理由はいくらでもあるでしょう」

「ぼくはまだきみを認めていないかもしれないが、個人的に嫌いでなければくびを切ったりしないよ」

そう聞いても気分が晴れない。どうしてかしら？　それは、と小さな声がささやく。好きでも嫌いでもないという中途半端な状態ではいやだからよ。好きになってほしい。積極的に求められたいのだ。

「もう一本も開けましょうか？」フランセスカは返事も聞かずにキッチンに行き、目をつぶってコルクの栓を抜くと、ぽんという音を聞いてから二つのグラスにシャンペンをついだ。

足元がふらつく。オリバーがかすかに顔をしかめて見ているのがわかる。でも、いいわ。いろいろとつらい一週間だったし、リラックスしても罰はあたらないはずよ。

それに自尊心も少し傷ついていた。この二カ月、いちばん大事なのは仕事のうえで彼に認められることだと自分に言い聞かせてきたけれど、いまこの瞬間は、心のどこかでほかのことを求めていた。

椅子に戻る代わりに、フランセスカはソファに彼と並んで腰を下ろした。彼がはっと息をのむのが聞こえたような気がしたけど、気のせいかしら？

「もうアルコールはそれくらいにしておいたほうがいいんじゃないか？　今日は何を食べた？」

「ええと……」膝が彼の腿に触れそうになっている。いけないと知りながらかすかな戦慄を覚える。「お昼に果物と、さっきスープを一杯」

「それだけ？」

「それだけ」室内の薄暗い明かりを幸い、ひそかに彼を盗み見る。粗削りながら端正な顔、柔らかそうな黒い髪……。

「満足したかい？」そうきかれて初めて、見つめ返されているのに気づいた。

フランセスカは答えなかった。うなじの毛が逆立つような沈黙が室内に満ちた。グラスに手を伸ばしたとたん、彼の手が伸び、手首をつかまれた。

「もう飲まないほうがいい」

フランセスカはむっとして言った。「飲ませたくないのなら、どうしてシャンペンを持ってきたの？　オレンジスカッシュ二本にすればよかったのに」

「そこまで考えなかった」まだ手首をつかんだままオリバーが言う。

フランセスカは肩をすくめて目を伏せた。彼が手を離した。

「ぼくはもう帰ったほうがよさそうだな」

「どうして？」

「なぜかわかっているはずだよ。さあ、おいで」

「どこへ？」

「寝室だよ。眠って酔いを覚まさなくては」

抗議する暇もなく抱き上げられ、軽々と寝室に運ばれていった。フランセスカは小さなため息をついて頭を彼の胸にもたせかけ、その規則正しい鼓動を聞きながら目を閉じた。いままで、こんなにも男の人を意識したことはなかった。といっても、男性経験が豊富なわけではない。この半年ばかり遊び暮らしてきたけれど、そういう暮らしにありがちなものに溺(おぼ)れたことはなかったのだ。

オリバーは彼女をベッドに横たえ、スタンドの明かりをつけた。たちまち部屋は温かい光に包まれた。

「水をいただける？　キッチンは……」フランセスカは指さそうとした。

オリバーが苦笑を浮かべて言う。「キッチンを見つけるのに地図とコンパスはいらないだろう」

彼は部屋を出ていき、すぐに戻ってきた。

「座って」フランセスカが水を飲みながら言うと、オリバーはつかの間ためらってからベッドに並んで腰かけた。

「なぜアパートに移ったんだい？」彼はさりげない調子できいた。

いやになるほど自制心が強いんだから。この人が我を忘れるところを見たいものだわ。

「怒った勢いね。父にとても腹を立てたから。それにあなたにも。あなたはどこにお住まいなの？」

「ハムステッド。ここからそんなに遠くない」

オリバーが立ち上がりかけると、フランセスカは言った。「まだ帰らないで」

引きとめられて、彼はまた腰を下ろしたが、何か後ろめたそうな顔をしている。たいていの男の人なら、わたしと二人きりで一つの部屋にいられるチャンスに飛びつくのに。

「怖いのかい？　一人になるのは初めて？」

「ええ、そうよ」挑むように答える。

「いずれは一人にならなきゃいけないんだから。さあ、もう目を閉じて眠ったほうがいい。ドアはオートロックで閉まるのかい？　戸締まりもしていない部屋にきみを一人残していきたくないからね」

「どうして？」フランセスカは目をぱっちり開いた。「こんな真夜中にだれかが入ってきて、わたしに乱暴するとでもいうの？」

「それとも、テレビやDVDプレーヤーを盗むとか。とにかく、用心に越したことはないよ」

「お説教はたくさん。生まれてからずっとロンドンで暮らしてきたのよ。身を守るすべは心得てるわ」

「それはそうだろうが、真綿にくるまれて暮らしてきたんだから。うっかりドアに鍵をかけ忘れたり、蒸し暑い夜だからと窓を開けっ放しにしたりして、男が押し入ってきたらどうするんだ？」

「みんなはどうするかしら？」

「きみのことだ、質問に質問で答えるだろうと思っていたよ」オリバーが笑うと、彼女はいら立った。

「強盗に入られたとき、あなたのガールフレンドよりわたしのほうが危なっかしいと思ってるの？」

「イモージャンは小柄で、お人好しに見えるかもしれないが、きみよりはずっと世慣れてるよ」

「育った環境が違うから？」

「こんなことを話し合っても無意味だよ」

「せめて質問に答えてくれてもいいでしょう」

「わかった」彼はいら立たしげに言った。「金のない家に育つってことは、ある種の厳しさを身につけなければならないということなんだ。身を守るには、それはいい武器になるんだよ」

「わたしがお金持の娘であることを、あなたは絶対に許さないのね」

「何もきみを許すとかいうことではないだろう？　きみはよく働いてくれる。肝心なのはそれだけだ」

「たとえだれかが押し入ってきても、ベッドの上で酔いつぶれているわたしを見たら避けて通るわ」

「そう思うかい？」

「どういう意味？」また頭がくらくらした。

「人に言わせたいのかい？　きみはとても魅力的な女性だって言うのは、ぼくが初めてではないはずだ」彼女の手を軽くたたき、腕時計に目を落とす。

「でもあなたにとっては魅力的じゃないのね」沈黙が流れた。

「二、三杯のシャンペンで、きみの舌はそんなふうになってしまうのかい？」

フランセスカは肩をすくめた。何かの縁に立っているような感じがする。長い間待っていたことがいま起こりそうな――それがなんなのかははっきりしないけれど。わかっているのは、脈が速くなり、肌が熱くうずいているということだけ。

フランセスカは手を上げた。雲の上を漂っているような気分だけれど、何かとても無分別なことをしようとしているのだけは頭のどこかでわかっていた。

フランセスカはオリバーの目を見つめたまま、自分のシャツのボタンを外し始めた。こんなにたくさんのボタンがついていたかしら？　それでもようやく外し終えて前を開き、豊かな胸をあらわにした。息が苦しくなってくる。

「いったい何をしているんだ？」鋭く息を吸い込んで彼がきく。フランセスカは彼の手を取って、うずいている胸に導いた。一種の原始の本能に取りつかれたようで、彼の手が肌に触れたとたん、彼女はうめき、かすかに身をよじった。

オリバーが薄暗い部屋の中で目をきらめかせ、彼女と同じように荒く速い息遣いで前かがみになる。

そして唇が重なったとき、フランセスカは体を弓なりにそらして口を開き、オリバーの舌を受け入れた。彼は手を髪に差し入れて頭をやや後ろに引き、もう一方の手で胸を包んだ。親指で胸の頂を愛撫され、無数の小さな電流がフランセスカの体を走った。口づけがしだいに胸のほうに下がってくる。伏し目がちに黒い頭の動きを追っていたが、彼が胸のふくらみに唇を寄せて舌先で愛撫したとたん、目を閉じた。オリバーが顔を上げたときも、まだ目を閉じていた。ベッドの上で彼が起き上がったのにもしばらく気づかなかった。

「どうしたの？」燃えるような体が離れていったので、室内の寒さを不意に意識した。

「どうしたもこうしたもないよ。頼むから、そのシャツのボタンをとめてくれ」

フランセスカは起き上がり、急いでシャツの前をかき合わせて両腕で体を抱いた。

オリバーは立ち上がっていた。現実がゆっくりとフランセスカの前に屈辱をあらわにしていく。

もう帰ってほしいのに、オリバーはベッドの足元に立ったまま、冷たく彼女を見下ろしていた。

「飲んだせいか？　それとも、たまたま居合わせた男に、きみはいつも身を投げ出すのか？」

その言葉は鞭（むち）のようにフランセスカの心を打ちのめした。「だれかれなくこんなことをしているわけではないわ」

「そうかな？　そんな感じはしなかったけど」

「男の人と深い関係になったことはまだ一度もないのよ」

こんな告白をするのは初めてだった。友人たちはみんな経験ずみの人ばかり。その中で一人バージンというのも変な感じだけれど、それほど真剣になれる相手がいなかったのだ。いままでは、ということだけれど。いまは怖いほどこの人が欲しい。なお悪いことに、しばらく前からそうだったのだと不意に気づいて、ますます屈辱感が強くなる。アルコールはただ、抑制のたがを緩めただけだったのだ。

オリバーは首を振って、髪をかき上げた。「経験を広げたいなら、きみは相手を間違えてるよ」

フランセスカは何も言わずに顔をそむけた。いいえ、わたしは経験を広げるために男の人が欲しいわけじゃないわ。あなたが欲しいのよ。

「きみはきれいだし、差し出されたものを受け入れたくなったのはぼくも認めるよ。だがきみは無駄なことをしている。この際はっきりさせておいたほうがいいだろう。きみはぼくのタイプではない、ぼくだってきみのタイプではないはずだ」

「じゃ、わたしのタイプってどんな人？」さりげなくきいてはいたが、口元は冷たくこわばっていた。

「きみはまだ子供なんだよ、フランセスカ。子供を相手にしている暇はぼくにはないんだ」

黙って見つめ合ったあと、オリバーは背を向けて部屋を出ていった。そして玄関のドアの閉まる音がした。フランセスカはどさりとベッドに倒れ、枕で顔を覆った。身を投げ出したときのことを思い出すと、頭はさえてくるばかりだった。わたしは何を求めていたのかしら？

採用された本当の理由を知ったとき、プライドはぺしゃんこになってしまったけれど、就職したいきさつはどうであれ自分の力は証明できたと心の奥底では自負していた。いま彼に拒絶されて、そのわずかなプライドも繕いようがないほど粉々に砕けてしまった。これまで人に拒絶されたことがなかっただけに、いっそう困惑や怒り、そして痛みを感じる。

「あんな人、大嫌い」声に出して言ってみる。その言葉が静寂の中に、そして頭の中に何度も何度もこだました。眠りが訪れ、その乱れた感情の上に暗黒の幕を下ろすまで。

4

月曜の朝、オフィスのあるビルに入っていくとき、フランセスカは疲れと緊張を感じていた。土曜の夜は胃がねじれるほどのみじめな気分で寝入ったが、そのときの気分がずっと続いているのだ。

だが決心はついていた。オリバー・ケンプに一度は身を投げ出してしまったけれど、同じ間違いは二度と繰り返さない。頭の中であの場面を再現するたびに、どこか暗い片隅に身をひそめ、恥ずかしさが消えるまで、目をしっかりつぶっていたくなる。

オリバーがあの出来事をどう取ろうとかまわない。酔いがさせたことだと考えようと、甘やかされたわがまま娘が自分だけ未体験なのを気にして処女を捧げようとしたと考えようと、好きにすればいい。

ただ、胸が張り裂けそうなほどオリバーに惹かれていることさえ知られなければ……。それを知ったら、彼は大笑いして面白がるだろう。それどころか、イモージャンにしゃべってしまうかもしれない。

運悪くエレベーターでオリバーと乗り合わせてしまった。「気分はよくなったかい？」

「ええ、おかげさまで」こわばった笑みを浮かべて答える。「昨日はまだ、頭の中でだれかが浮かれて飛んだり跳ねたりしているみたいでしたけど、アスピリンを二錠のんだらすぐによくなりました」エレベーターが社長室のある階にとまったとき、フランセスカはおずおずと言った。「土曜日のことですけど、謝りたくて」

オリバーがオフィスのドアを開けて彼女を先に通す。「あの話なら、もう……」

「いいえ、そういうわけにはいきません。くどくど話す気はありませんけれど、誤解を解いておきたいんです」

「それなら、聞こうか」オリバーは彼女を見た。

いまこの人はブラウスの前を開いたわたしを思い出しているのかしら？　胸をあらわにし、そこに熱い口づけを待っているわたしを？

「きっとわたしのことをとんでもない女だと思ってらっしゃるでしょうね。でもあんなことは二度と起こりませんから。シャンペンの酔いが思ったより速くまわったとしか考えられません。それに感傷的になっていたんです。父と大人げない別れ方をしてしまったことが気になって」

「だれにでも間違いはあるものだ」オリバーは肩をすくめて背を向け、フランセスカのデスクの上の郵便物をがさがさとかきまわし始めた。

「くびは覚悟しています」静かに彼女は言った。

「ばかな。あんなことは、過去のこととして水に流すのがいちばんだ。そうだろう？」オリバーは社長室に向かいながら、もう話題を変えていた。「あのピーターバラのファイルはもう終わったかい？」フランセスカがうなずいてファイルを差し出すと、それを受け取って言った。「あの男ときたら、また電話してきて、品物はいつそろうのかときくんだ。一時間おきに電話してきたって、そんなに事が速く運ぶわけがないってことがわかってないんだな」

フランセスカはかすかに笑ったが、二人の関係がすでに変わってしまったことはわかっていた。

週末まではお互いにリラックスしていた。オリバーはフランセスカの仕事ぶりを信用し始めていたし、少なくとも職場での関係はうまくいっていたのに。

いまはすべてが変わってしまった。わたしはオリバーのことをどうしようもなく意識してしまうし、オリバーも他人行儀なよそよそしい態度はとっているけれど、表面の静けさの下に何かが言葉にされないものが漂っている。

それはまるで、危険な何かが池に投げ込まれ、水面に穏やかな静けさが戻っても、深い底にその何かがあることを知っているので池を見る目が変わってしまう――というような感じだった。

十一時になるとオリバーが社長室から出てきて、今日はこれから出かけてもう戻らないと言った。そして十二時、フランセスカがパソコンの前に座って画面の文字を眺めていたとき、電話が鳴った。

イモージャンだった。

「お昼をご一緒できないかしら?」そう言われ、フランセスカは青ざめた。あの人、フィアンセに何かしゃべったのかしら? 土曜日のわたしは何かに取りつかれたようになって、ほかの人のことも、まして彼が婚約しているという事実も、考えるゆとりがなかった。フランセスカは後ろめたさと恥ずかしさで頬が熱くなった。

「いいわ」フランセスカが答えると、イモージャンが会う場所を決めた。

一時五分前にフランセスカは会社のすぐ近くのワインバーで、どうなることかとやきもきしながらイモージャンを待っていた。自分が浅はかで身勝手だったことはわかっている。そして、イモージャンが十分遅れてやってきたときには、すべてを白状して当然の報いとして会社を辞める決意をしていた。

けれど、濃紺のスーツをすっきりと着こなして、財布と小切手帳しか入らないような小さな黒いバッグを持ったイモージャンは、フランセスカをくびにするように彼に言う人には見えなかった。

きちんとした知的なその姿を見ていると、激しい嫉妬の炎が抑えようもなく燃え上がった。オリバーが認めているこのフィアンセのいいところは、何万年かかろうとわたしにはまねできない。それがわかっているだけに、いっそうつらかった。

オリバー・ケンプに出会う前のわたしの人生は、なんて単純だったのかしら。まるで水上スキーで波の上を滑っていくように、陽気にすいすいと世の中を泳いできた。その底では危険が引き込む機会を待ち構えているのも知らずに。

にこやかにおしゃべりを続けなければならない緊張感から、しばらくすると口元がこわばってきた。イモージャンに相談があると言われるまでは、話もうわの空だった。

「どんな相談?」びっくりしてフランセスカはきいた。

「着るもののことなの。わたし、少し服装を変えたくて。それにはあなたほどいい相談相手はいないでしょう? ベストドレッサーですもの」

「でも、どうして変えたいの?」当惑してフランセスカは尋ねた。「仕事柄……」

「ああ、それはわかってるの。仕事のためには、お堅いスーツ。でも問題は、そのお堅い感じから抜け出せないように思えることなの。何かこう華やかな色が欲しいの。いろいろな変化が」

「どうして? オリバーはいまのままのあなたを愛しているんでしょう?」思いきって言ってみたものの、口に出したとたんに気分が悪くなった。

「変化もたまにはいいんじゃない?」イモージャンはあいまいに答えて、ほほ笑みながらオレンジジュースを口に運んだ。

「彼はそうは思わないかもしれないわ」

「でも、案外、びっくりして喜ぶかもしれないでしょう」イモージャンが目を伏せてしまったので、フランセスカは肩をすくめ、いつも買いに行く店や、望みの服を選んでくれそうな店員の名前を教えた。


それから二日間、フランセスカは目を伏せてオリバーを見ないようにし、必死で自分を納得させようとした。彼に感じているこの気持、こののぼせようは、ばかげている。それに無意味だわ――そう認めてしまえば、一つの経験として忘れられるはずだった。それなのに彼が近づいてくるたびに、体が熱くなってしまう。何かを見せるときに身を乗り出されただけで、両手を脇でしっかり握り締めていないと震えを見られてしまいそうだし、話しかけられたときは目を合わせないようにしないと、そこに浮かんだ思いを読み取られてしまいそうだった。

「どうかしたのか?」水曜日の夕方、社長室を出ようとしたときに、とうとうきかれてしまった。

「少し気分が悪くて。病気の前兆かもしれません。風邪がずいぶんはやってますから」

「働きすぎなんだ。昼休みはとっているのかい?」

「たまには。先日はあなたのフィアンセと、この先のワインバーでお昼をご一緒しました」

「ああ、彼女から聞いたよ」それ以上その話は続けたくない様子だった。

「着るもののことで相談にいらしたんです。わたしの取り柄は、それくらいのことしかありませんもの」声に苦々しさがまじり、うっかり本心をのぞかせてしまったことで舌打ちしたい気分だった。

オリバーは顔をしかめた。「自分でそう思っていれば、ほかの連中だってそう思ってしまうよ」

「そうでしょうね。よろしければ今日はこれでおしまいにしたいんですけど。それとも、この手紙の入力は急ぎます？」

「ああ、それはいいよ」彼がまだ見つめているので、フランセスカは不安になって顔をそむけた。呼び戻されるのを半ば期待し、むしろ待ち受けながらドアに向かった。けれど振り向いてみると、彼はすでにうつむいて報告書を読んでいた。

あまりにも腹立たしくみじめな気持で社長室を出たので、デスクのそばにブラッド・ロビンソンの姿を見たときは救われた思いだった。この二カ月のうちに何度も顔を合わせ、彼一流の露骨な迫り方にもすっかり慣れていた。いまでもにこやかに無視はしているけれど、初めのころほど不快にもうとましくも思わなくなった。

たぶん最初の推測とは違い、彼が独身だったことも一役買っているのだろう。

「沈んでるね」いつものようにじろじろと値踏みするように見ている。

「最低の気分よ」フランセスカはデスクの上を片づけ、パソコンのそばに腰を下ろした彼を押しのけながら言った。「頭痛はするし、背中も目も痛くて」

「全身マッサージってのはどう?」

「そうね。いままでに聞いた月並みな口説き文句の中では最高だわ」しぶしぶ苦笑を浮かべて答える。

「そう? じゃ、ぼくのレパートリーに入れようかな」

フランセスカが何か言う間もなく、ブラッドは背後にまわって肩に手をかけ、マッサージが始まっていた。

「いい気持かい?」彼女の耳元でささやく。

「あなたの手が放浪癖を起こさなければね」フランセスカは首を少し後ろにそらして目を閉じた。

「見張ってはいるけどね。こいつ、女性が相手だと、ときどき悪い子になるんだ」

「まあ、困ったこと」フランセスカはつぶやいて、肩を動かした。

「何か用か?」突然、オリバーの声が鞭(むち)のように響いた。二人はぱっと離れた。オリバーは腕を組み、ブラッドに向かって言う。「用があるなら、部屋に入ってきてそう言いたまえ。用がないなら自分の部屋に戻って、たっぷりもらっている給料分の仕事をするんだな」

「わたしたち、帰るところだったんです」フランセスカが頬を染めて言った。オリバーは今度は彼女に向き直った。

「いや、そうはいかないね。帰るのはそこのミスター・ロビンソンで、きみはぼくのオフィスに来るんだ。いますぐに！」

　オリバーはくるりと背を向けた。フランセスカは怒りがつのってくるのを感じながら、あとについて社長室に入り、ドアを閉めた。「あんな言い方をする必要はないでしょう！」

「ぼくの会社で、何が必要で何が必要でないか、きみに言われる筋合いはない。わかったか？」

「彼は退社前にちょっとおしゃべりに来ただけです」つかつかと近づいてきたオリバーに両肩をつかまれ、その痛さにフランセスカは顔をしかめた。

「ここは遊び場ではないんだ。仕事中にふざけ合うために従業員に給料を払っているんじゃない！」

「ブラッドはいつもあんなふうなんです。ご自分でもそうおっしゃってたじゃありませんか」

「ぼくの信頼を裏切っておいて、そんな言い訳が通るものか。まさかきみが、大目に見てもらえるとたかをくってオフィスで男といちゃつくとは思わなかったよ」

フランセスカはぱっと顔を上げた。「そんなことはしていません！　それに、痛いじゃないですか」

オリバーはとっさに手は離したが、その場から動こうとはせずに、両手をポケットに突っ込んだ。

「それでも自分のことをまともに扱ってもらえると思っているのか？」ばかにしきった口調だ。「いつまでも子供みたいなまねを続けるつもりなら、喜んできみをお父さんのもとに返すよ。そうすればお父さんは、別の更正施設を見つけるだろう……そこに貸しがあろうとなかろうとね」

二人の目が合った。奇妙なことに、先に目をそらしたのはオリバーだった。そしてつかつかと窓辺に行き、振り向いて彼女を見た。

「こんなことは二度とないようにします」フランセスカはつぶやいたが、気がつくと全身が震えていた。

「よし。もう一度あんなところを見つけたら、今度はくびだぞ。彼もだ」

「そんな！　彼は優秀な営業マンでしょう。それもご自分でおっしゃったじゃありませんか」

「つべこべ言うんじゃない！」オリバーは背中を向けて窓の外を眺め、彼女が出ていくのを待っている。

フランセスカは何も言わずに部屋を出た。あれほど怒った彼を見たのは初めてだ。ささいなことであんなに激怒したのは、わたしをくびにする口実を探しているからかしら？　この前の夜の、わたしの子供じみた無分別な行為は忘れて、一緒に仕事を続けようと彼は言ったけれど、あれは本心ではなかったのかしら？

アパートの建物に入ったときも眉根を寄せてまだそのことを考えていて、薄暗い玄関ロビーの床に傘が落ちているのに気づかなかった。階段に向かって走りだし、次の瞬間、前のめりに床に倒れていた。立ち上がったが、また座ってしまい、足首をさすってみた。ひどく痛む。フランセスカは腹立たしげに傘を見てから、ようやくおそるおそる立ち上がり、手すりにつかまって足を引きずりながら自分の部屋に向かった。

ずきずきする痛みのおかげでオリバーのことを少しは考えないですむ。それがただ一つの救いだった。簡単な夕食を作るのに一時間もかかり、それだけで疲れてしまった。八時に、家族ぐるみのつき合いをしている医者に電話した。医者は症状を詳しく尋ねてから言った。「ねんざしているだけだと思うから、痛みはそのうちおさまるだろうが、耐えられないならアスピリンをのんでもいいよ」

「ありがとうございました、ドクター・ウィルキンズ。もう治ってきたような気がするわ」

医者は笑った。「明日の朝電話するから、ゆっくりおやすみ」

翌朝になってもよくはなっていなかった。あきらめのため息をついて、フランセスカは会社に電話した。直通電話で、オリバーにすぐにつながった。

「今日は出社できないみたいなんです」電話のコードをもてあそびながら言う。ここにいるわけではないのに、彼の存在感が部屋いっぱいに広がるのが不思議だった。

「どうして?」気遣うような言葉一つない。

「足首をくじいてしまって、歩けないんです」

「不注意だな。一緒に目を通してもらわなくてはならない急ぎのファイルがあるっていうのに」

「本当にすみません」受話器に顔をしかめてみせ、甘ったるい声で言った。「今度は、もっと都合のいいときにけがをするようにしますから」

「そうしてもらえるとありがたいね」

フランセスカは歯を食いしばった。

「だが、手はある。今晩、会社の帰りにそっちに寄るよ。六時半ごろに」

「寄る?」ぎょっとしてきいたが電話は切れていた。

その日は、緊張した期待のうちに時間が過ぎていき、お昼ごろにルーパットが現れると、いら立たしいほどだった。久しぶりに会ってみると彼がくだらない人間に見えた。面白い人だけど、面白がらせてほしくないときもあるのだ。ルーパットにはそう言っても決してわからないだろう。彼にとって人生は、長く楽しい、終わりのないゲームなのだ。

いつの間にか時計を何度も見ていたらしい。ルーパットが帰ろうとして立ち上がり、彼にしては珍しくきつい調子で言った。「邪魔をして悪かったね。きみの会社に電話してけがをしたと聞いたから、話し相手がいれば気がまぎれるかと思ったんだ」

「ごめんなさい、ルーパット。でも、考えることがいろいろあって」

「ぼくもなんだ」驚いたことに彼はそう言ってためらっている。打ち明けようかどうしようかと迷っているらしい。身を入れて話を聞いていなかったことを思うと、フランセスカは後ろめたさを覚えた。

「何か話したいことがあるんじゃないの？」尋ねてみたが、ルーパットはまだためらっている。

「大したことじゃない。いつもの女性問題さ」

「いつものですって？　あなた、女性問題なんていままで一度もなかったじゃないの」

彼は笑った。「確かにね。いい年をして、そんな問題に初めて突き当たったなんて恥だね」

きき出せたのはそれだけだった。ルーパットはそれ以上のことには触れずに帰っていき、まもなくフランセスカはその話をすっかり忘れてしまった。

予想どおりオリバーは七時過ぎても現れなかった。そのころには、彼女の緊張は怒りに変わっていた。仕事のためならアパートに押しかけてもいいと考え、今度は好きな時間に行けばいいと思っているなんて。ノックの音が聞こえると、フランセスカは足を引きずりながら出ていき、唇を引き結んでドアを開けた。

オリバーは視線をゆっくりと彼女の足元から頭のてっぺんまで走らせ、もう一度その視線をはれた足首に戻してから、抗議もきかずに抱き上げた。

「ほら」オリバーは彼女を椅子に下ろしてから、コートを脱いだ。外は雨で、窓ガラスをたたく雨音が絶え間なく聞こえている。「食料を持ってきたよ」そう言われて見ると、彼は茶色の袋を持っていた。「中華だ。好きだといいけど」

はっきり何とは言えないが、彼の態度の何かが警戒心をかき立てる。気になるけれど、手を伸ばしてもとらえられない影のようなものだ。

「ご親切にありがとう」この前彼がアパートに来たときの悲惨さを思い出し、声がぎこちなくなる。

「足首をくじいていては、料理は無理だと思ったからね」そう言ってキッチンに行き、皿二枚とナイフやフォークを持って戻ってきた。

黙って見ていると、オリバーは袋から小さなフォイルの容器をいくつか取り出し、ふたを開けた。

「あまりおいしそうじゃないね」皿を渡しながら言うので、フランセスカはほほ笑んでみせた。

「でも、いいにおいよ」伏せたまつげの下から男らしくセクシーな彼をむさぼるように見る。それは禁断の、恐ろしい、でも抵抗できない喜びだった。

いったん彼に惹かれていることを認めてしまうと、力強い顔の輪郭や体にみなぎる力、うなじでカールしている黒髪など、すべてに感覚が刺激される。

自分の欲望に気づかれないですむと思うときだけフランセスカは彼を見つめた。だがそうしていると、夜中に忍び込んで自分のものではない何かを盗む泥棒のような気がしてくる。

「新しい住まいはどう?」彼は無難な話題を持ち出した。「慣れたかい? 後悔はない?」

料理を食べながら、フランセスカは問われるままにいろいろ語った。彼は人の話に熱心に耳を傾けられるというまれな力を持っていた。しばらくすると、初めに思っていたよりずっとくつろいでしゃべっていることに気づいた。今日はこの人、どうしてこんなに感じがいいのかしら? ふと気になったりもしたが、それは無視することにした。

「でも、わたしのことは全部ご存じのはずよ」皿をテーブルに置いて、フランセスカは最後に言った。「父がいろいろお話ししてるでしょうから」

「そうだね」

「じゃ、仕事にかかりましょうか。お皿は流しに置いておいてくだされば、あとで洗いますから」

オリバーはうなずき、それから一時間、二人はファイルに目を通した。フランセスカは自分の書いた速記文字を判読し、出社したらすぐにしなければならないことをメモした。終わると、オリバーはゆったりと座り直して言った。「今日ぼくがどうしてわざわざやってきたか不思議に思っているだろうね。実は明日から三週間ばかり、海外に行かなくてはならなくなったんだ。緊急の用でね」

「まあ」

「もちろん、毎日連絡はとるが、きみは一人でやっていかなきゃならない。できるね?」

「できると思います?」

オリバーは、考え込むような目で彼女を見た。「きみならきっとできる。きみの能力を認めなかったなんて、ぼくが間違っていた。これで気分は晴れたかい？　いつもなら人を見る目に狂いはないんだが……きみの仕事ぶりはすばらしいよ」

「それで謝っているつもり?」彼女が言うと、オリバーは笑った。

「その質問はパスさせてもらうよ。平謝りに謝るなんて、ぼくの柄じゃないからね」彼は立ち上がった。

帰るのかと思ったら、キッチンから二人分のコーヒーを持ってきて、一つを彼女に渡した。

驚きながらフランセスカはカップを受け取った。「ありがとう。あなたに家庭的なところがあるなんて意外だわ。さっきは食べ物で、今度はこれ」

「コーヒーぐらいはね」また椅子にかけ、髪をかき上げながらそっけなく答える。「必要なら料理だってするよ。大したものはできないが」

「学生時代に自炊してらしたのね？」

「その前からだ。母が、亡くなる前から病気がちだったからね。猛勉強の合間にぼくが家事を一手に引き受けていたんだ。統計学の試験勉強をしながら掃除機をあやつる名手だったんだよ」

フランセスカは笑った。とても厳しく強引なオリバーだが、その気になれば、こんなにウイットに富んだ人になれるのだ。

「何もかも一人でするのは大変だったでしょうね」

「おかげで、かなり早くに自立した。早く自立するというのも悪くはないよ」

まただわ。また暗にわたしを非難している。

「それを否定する人はいないでしょうね。おかげでどんなにあなたが成功なさったかを見れば」

「成功っていうのはくせものでね」オリバーがつぶやく。「悲しいことだが、疑いを生む。

金ができればできるほど、信用できる人間がまわりに少なくなる。きみもそれはわかっているだろうが」

「それほどでも」

「それは、きみが現実離れした雲の上で暮らしてきたからだ」

「わたしが選んだわけではないわ」二人の間の楽しい雰囲気を壊さないようにしながらフランセスカは言った。そしてカップをキッチンに運ぼうと立ち上がった。オリバーのカップを取ろうとしてかがんだとき、手首をつかまれた。

「動きまわらないほうがいい」彼が優しく言う。

たちまち胸が高鳴り、例によって興奮が体を走る。フランセスカはその反応を表に出さないようにしながら、心を落ち着かせて彼を見た。

「あの、足首は……ずいぶん、よくなったから」口ごもりながら言ったが、彼にそっと引っ張られて、ソファに並んで座ることになった。

「見せてごらん」オリバーが言い、フランセスカはあわてて彼を見た。

「なんでもないの。ちょっとあざになってるだけ」

「どうしてねんざしたのか、まだきいてなかったね？」

オリバーは彼女の足をそっと膝にのせ、足首が出るようにロングスカートの裾（すそ）を引き上げた。奇妙なことだが、それだけでビクトリア朝時代の淑女が服を脱がされたように感じて、身を守るすべもないような気がしてくる。頭が混乱してきた。この人はどうしてこんなことをするのかしら？　この前、自分から身を投げ出したときの冷たい侮蔑の言葉を思い出し、フランセスカは足を引っ込めようとした。が、彼はしっかりつかんで放そうとしない。

「どうなんだ？」オリバーが返事を促す。

何をきかれていたんだったかしら？

「ああ、傘につまずいたの」

「珍しいね」彼はうつむいて足首を調べ、慎重にさすり始めた。

「何をするの？」これがわたしの声？　まるで恐怖の叫びのようだ。

オリバーはそれには答えずにきいた。「医者はどう言ってるんだ？」

「明日はもっとよくなるだろうし、遅くともあさってまでにはすっかり治るって」

「よかった」オリバーがものうげな笑みを浮かべたとき、さっきから無意識に感じていたものが何かに気づいた。この人、わたしを誘っているんだわ。

あまりに思いがけなくて、むしろショックだった。組んだ両手に目を落とすと、じっと見つめられているのが、肌で感じられる。いままでは、女性と認めていないような無関心なまなざししか向けなかったのに。それが値踏みするようにあからさまに見つめられ、フランセスカは途方に暮れた。

この前は経験のない無邪気さから身を投げ出したけれど、その同じ未熟さが、誘惑の手慣れたゲームを前にして、彼女をためらわせた。当惑し、逃げ腰になってしまう。もう一度足を引っ込めようとすると、オリバーがさりげなく尋ねた。

「帰ってほしい？」

静寂が訪れた。あまりにも深いその静寂の中では室内のどんな小さな音も、何万倍にも増幅される。窓を打つ雨音が太鼓の連打になり、マントルピースの上で時を刻む時計の音が爆発寸前の時限爆弾のように聞こえる。

「何時かしら？」どうしてもっと気のきいたことが言えないのかしら？　皮肉っぽい目で彼が見ている。

「帰るべき時間か、それともまだいていい時間か、きみが言ってくれなくては」

「この前は……」

「あのときは、きみは酔っていた」それだけではなかったという気がして、フランセスカは落ち着かなかった。足をそっと床に下ろして視線をそこにくぎづけにし、見入っているふりをした。横に座っているオリバーが気になって、ろくに息もできない。髪がカーテンのように隠しているので、顔をよぎるさまざまな思いは読み取られずにすむけれど。

だが、その髪をかき上げて彼がきいた。「どうしてぼくを見ないんだ？」

オリバーが手をうなじにまわし、フランセスカは仕方なく顔を上げた。

「あなた酔ってるの？　そんなふうにきくのはばかげてるかしら？」

「ああ、ひどくね」

「わたし……わけがわからなくなっているの。何一つ筋が通らないみたいで」

「そういうこともあるさ」

彼の言葉には、わたしには理解できない意味が含まれているんじゃないかしら？

「怖いのか？」

そうきかれても、彼女は黙っていた。

「ぼくに抱かれたいんだろう、フランセスカ・ウエイド？」

5

「な、なんですって？」

オリバーは二度と繰り返さなかった。ただじっと見つめているだけだ。フランセスカは頭にかっと血が上って、失神するのではないかと思った。

「だって、イモージャンは？」

「イモージャンとぼくは、いろいろ考え直さなくてはならないと決めたんだ」

「別れると決めたってこと？　どうして？」

「人はどうして別れるんだろう？」その声にはもどかしげな響きがあった。まるで目の前の問題を離れ、あまり関係のない、詳しく説明する必要もない領域に二人で迷い込んでいくようなもどかしさが。

「お二人はあんなにお似合いだったのに」フランセスカはつぶやき、思いがけない言葉の裏の意味や、説明を避けた彼の真意を読み取ろうとした。

「ぼくのことをそんなによく知っているとは思わなかったな」冷笑するように彼はゆっく

りと言った。

よく知っている？　フランセスカは、ぱっとオリバーを見た。いいえ、全然知らないわ。

「きみはまだぼくの質問に答えてないよ」オリバーはそう言ったが、フランセスカが口を開く前に手を上げた。「いや、答えないでいい。まだだ」

彼が身をかがめてくる。目を閉じると、唇が重なった。温かい唇が誘うように動き、口を開くと飢えたように舌先が中に入ってきて、フランセスカはまるで水中深く沈んでいくような錯覚にとらえられた。彼女はうめき、体を引こうとした。

「どうした？」オリバーが唇を離した。

「だって、あなたはわたしのことを魅力的だとは思ってないでしょう」

「魅力的すぎると思っているのかもしれないよ」ベールのかかったような目で彼が答える。

指先で背筋をすっとなで下ろされ、フランセスカは体がとけていくような感じがした。次に唇が重なったとき、抱いてほしいかというさっきの問いに答えるように、彼女の反応は熱烈だった。けれどオリバーはその顔を両手で包み、押しとどめるようにした。

「こうしてほしかったと、口に出して言ってくれ」

彼が耳元でささやく。ぞくっとするような暖かい息を感じ、フランセスカは興奮に身を震わせた。

「こうしてほしかったわ」聞き取れないほどの声で彼女は言った。ずっと前からこうしてほしいと思っていた。

オリバーはフランセスカを抱き上げて寝室に向かい、ドアを蹴って開けた。ベッドに彼女を横たえたオリバーの目には、むき出しの欲望が表れていた。

彼は明かりをつけようとしなかった。ドアが開いたままになっているので、居間かられてくる光が、寝室をほの暗く浮かび上がらせている。

「きみは若い。若すぎる」オリバーがつぶやいた。

逃げ出す準備かしら？　フランセスカは心配になった。

「そんなことはないわ。自分が何をしているか、ちゃんとわかっているし」

「年のことを言っているわけじゃない」オリバーは横に座り、仰向けに寝たフランセスカの体を囲うように両脇に手を置いた。その腕に彼女は両手をかけた。

「年でないのなら、なんのこと？」

「ひどくあどけないってことだ。お父さんの話から想像していたのとは全然違う。もちろん、金持に生まれついた女性の社交上の自信ってのは持っているが、一皮むけばきみはまだ子供みたいだ」

「あなたはとても経験豊かだっていうのね。ずいぶん年取っているように聞こえるけど、本当はそうじゃないんでしょう？」

「ひどく年取った気がするときもあるよ」

「かなりの年で、数えきれないほどの女性とつき合った？」声をあげて笑ってみせたけれど、内心は笑っていなかった。彼の人生を通りすぎていった恋人たちを想像し、嫉妬に胸をかきむしられていた。

「数えきれないほどではない」つぶやいて、彼女の顔に指を走らせ、頬骨の形や、眉、唇の輪郭をなぞる。その羽毛のように軽いタッチに息が速くなり、体の奥が熱くなってくるのをフランセスカは感じた。「女から女へ渡り歩くようなまねもしたことはないよ」

「でも、誘われたことは数えきれないほどあったでしょう？」

「ああ、数えきれないほどね。ほかに質問は？」オリバーは低く笑って首にキスをした。

フランセスカは両腕を彼の体にまわして引き寄せた。

何か質問があったとしても考えつかなかった。実のところ、何も考えられなかったのだ。シャツを頭から脱がされ、フランセスカが熱っぽい目で見つめていると、オリバーは立ち上がって、ゆっくり服を脱いだ。

彼の裸身にフランセスカはつき上げるような欲望を感じて息をのんだ。それほどすばらしい体だった。運動する暇などない人なのに、贅肉一つない体はスポーツマンのようにたくましい。

「薬はのんでいるね？」隣に横たわったオリバーが尋ねた。

「薬？　なんの薬？」なんの話か見当もつかない。

「もちろん、避妊のさ」

「ああ」これから始まることで頭がいっぱいで、彼女は考えもせず答えた。「ええ、大丈夫よ」

「よかった」そう言いながら、もうスカートのファスナーを下ろしている。けれど、フランセスカが身をくねらせてそれを脱ぎ、さらにレースの下着を脱ごうとしたとき、彼はその手を押さえ、かすれた声でささやいた。「まだ、だめだ」

まだ、だめ？　たとえ下着でも、身につけているのが苦痛なほど彼が欲しいのに。

オリバーが頭を下げて胸に唇を寄せ、指でもてあそんでから手を下に滑らせて、引き締まった腹部に触れたとき、フランセスカは小さなあえぎをもらして脚を開いた。

手がショーツの下に入ってくる。彼の指が触れたとたん、フランセスカは身を震わせ、思わずうめいた。

けれどオリバーは愛撫のリズムを落として彼女の下着を脱がせ、今度は自分の体に彼女の手を導いた。

顔を見ようとしてフランセスカは横向きになった。だが、オリバーはそれを優しく押し戻し、上からかがみ込んで、自分の指先の道筋をむさぼるように唇で追った。じらすようなその舌先の愛撫に彼女は目を閉じ、夢想だにしなかった歓喜の世界に漂っているような感覚を覚えた。

そしてついに結ばれたとき、一瞬の痛みは彼へのひたすらな渇望にのみ込まれてしまい、高まってくるリズムに、頭がくらくらして何も考えられなくなった。

また頭が働きだしたのは、二人で並んで横になってからだった。大地も揺らぐような気がした？　稲妻に打たれたような感じ？　フランセスカはそうきいてみたかった。いままで耳にしたりどこかで読んだりした、そういう陳腐な文句が、いまは思いもつかないほどの真実みを帯びてくるようだった。肉体的魅力というのはこんなにも強いものかしら？　かすかに不安になってくる。

だが声に出しては、ごく平凡な質問をしただけだった。「明日は何時に出発？」

「朝早くだが、どうして？」髪を愛撫しながらオリバーがきき返した。

「別に」彼の脇腹に手を走らせながら、この人はわたしに会えないのを寂しく思うかしらと考える。そうは思わないだろう。その場限りの遊びのつもりではないかもしれないけれど。だからといって、わたしを赤い糸で結ばれた相手とみなしていることにも、わたしを愛していることにもならない。

フランセスカは一瞬ショックを受けた。愛はこのことにどうかかわってくるのかしら？　愛はまったく関係ないの？　そう考えて、彼女は身震いした。

「あなたが帰ってきたら、それからはどうなるの、オリバー？」ボートが転覆し、必死にはい上がろうとしているような気になって、あわてて尋ねてみた。

彼が眉をひそめた。「どうなるって、何が?」

「わたしたちが」

「ぼくは仕事をし、きみはぼくのもとで働き、二人でベッドをともにする」

「とても単純そうに聞こえるけど」

「そうじゃないのかい?」

「人生で単純なことなんて何もないわ」

「大人みたいな言い方をするね」

「わたしは大人よ」思わず声が険しくなる。

「大人なら、ぼくにいちいちきかなくても、二人の間がどうなるかわかるはずだ。ぼくは縛られるつもりはないよ」切って捨てるような冷たい感じで言う。

「ただ楽しめればいいのね?」

「きみがよく知っている生き方さ」

そんな生き方にどれほどどうといか、説明の言葉さえ見つからない。何カ月も無責任に遊び暮らしてきたかもしれないけれど、その遊びは男性とは無関係だった。

「そうかもしれないわね」フランセスカはさらりと言った。オリバーの肩から力が抜けたような気がする。それとも、わたしの思いすごしかしら? 「イモージャンとのことも、ただ楽しんだだけだったの?」

「イモージャンは別だ。彼女は特別な人だった。ぼくたちは理想のカップルのはずだった。人生、何事も確かなものはないという証拠だね。二人は波長が合っていた。同じような経験をしてきたし、性格も似てると言ってもよかった。だが結局は、それだけでは充分ではなかったんだな」

「苦々しく思っている？」ためらいがちにきいてみた。

「どうして？　もうすんでしまったことだ。ほかの経験と同じで、それから一つの教訓を学んだだけだよ」またさっきの冷たさが声ににじんでいる。

「どんな？」なぜこんなことをきくのかしら？　きくまでもなく、答えはわかっているのに。

「結婚はぼくには無縁だってことさ」彼は笑ったが、寒々とした笑いだった。「話してばかりいないで、ほかにもっと面白いことができるだろう？」

手で胸を撫でられ、フランセスカはため息をついてものうげにうなずいた。今度の彼の笑いは温かく、楽しそうだった。

「きみは情熱的だね」刺激されて、胸がうずいてくる。今度は求められる前にフランセスカは自分から手を伸ばし、じらすようにオリバーの体を愛撫していた。そして、けだるげな笑みを浮かべていた彼の目に欲望の高まりを見たとき、喜びが体の奥からわき上がってくるのを感じた。この人をこんなふうにさせることがわたしにはできるのだ。

今度の愛の行為は、ゆったりとくつろいで、一方的ではなかった。初めもなければ終わりもないような愛撫でお互いを高めていった。

この情熱はどこからわいてくるのかしら？　答えはわかっていた。答えはすぐそこに、ずっと前からあったのだ。いままで締め出してきたその答えが、ついにフランセスカの心の中に入ってきた。なぜオリバーとこういう行為に及んだか、ぞっとするほどはっきりとわかった。

肉体的に惹かれた裏には、もっと強い、もっと制御できないものがあったのだ――燃える愛が、いったん燃え立ったらもう消すことのできないひそかな情欲の炎が。ただの欲望なら闘うこともできたろう。けれど、いま感じているこの気持と闘う武器はない。それに、そんな武器をわたしは望んでいない。

フランセスカは彼の唇に、上から誘うように胸元を近づけ、それが口に含まれると、にっこりしてそっと体を重ねた。そして、自分のリズムを見つけ、体を弓なりにして、何度も頂点へと導かれていった。

もう帰る時間だとオリバーが言ったとき、フランセスカは初めてベッド脇の時計を見た。すでに真夜中を過ぎていた。

「荷造りをしなくちゃならないんだ」オリバーが立ち上がって言う。「急いでシャワーを浴びるよ。一緒に浴びようと言いたいが、そうすれば出発前に荷造りできるかどうか怪しくなるからね」

フランセスカは眠そうににっこりし、仰向けになって、シャワーの遠い音を聞きながら、思考の流れる先をぼんやりと追っていた。

彼は縛られたくないと言っていた。それを聞いて絶望と後悔の淵（ふち）に落ちてもよさそうなものだけれど、そうはならなかった。二人の間に起こったことをどうして後悔なんかできるかしら？ あの人が望むのは、あとくされのない楽しみだけ。わたしはそれ以上のものを求めているけれど、頭のどこかではすでに、彼が差し出してくれるものだけを受け取ろうと決めている。それでなければ、別れるしかない。そして、別れることはできないとわかっているのだから。

最後には傷つくだろう。それは、昼のあとに夜が訪れるように避けがたいことだ。でもその苦しみは少なくとも、ずっと待ち続けていたもののあとにやってくる。

もし愛を交わさなかったら、別れることもできただろう。けれど、いまはもうそうするには多くのものを与えすぎてしまった。

シャワーから出てきてタオルで乱暴に髪をふいている姿を見ていると、願うのは、三週間の間にこの人が地上から消えてしまわないようにということだけ。それほど三週間は長い。でも仕方ないのだろう。

子会社をつくろうとしているので、目鼻がつくまで時間がかかるとオリバーは言っていた。どんな仕事でも、他人まかせにはできず完璧を求める人なので、下準備は自分でしなければ気がすまないのだ。

だからこそ成功したのだろう。近道は決してしないし、ベスト以外は受け入れない。それでイモージャンとの間もうまくいかなくなったのかしら？　服を着る彼を見守りながら考える。

オリバーがベッドに寄ってきて、かがんで額に軽くキスをした。そんなおやすみのキスにフランセスカはほほ笑んだ。

「毎日、連絡を入れるからね」

「わたしの手には負えないような問題が出てきたら、どうしたらいいかしら？」

「ファックスを送ってくれればいい。どうしても急を要する問題なら、戻ってこられると思う。だが、この件は、できたら中断せずに一気にやってしまいたいんだ」

わたしと会えなくて寂しくない？　そうききたかったが、何をきいていいか、何はいけないか、もうフランセスカにはわかっていた。そしてこの質問は明らかに、立入禁止区域にあった。

彼が出ていったあとは、二度と眠れないだろうと思いながら長い間ベッドに横になっていたが、いつしか眠りに落ちていた。

翌朝目覚めたときは、すでに十時近かった。しばらく迷った末、足首がすっかり治るまでもう一日休むことにした

翌週出社したとき、オフィスに一人きりでいるのが奇妙に思えた。オリバーがドアの向こうにいるとわかっていて、そちらに聞き耳を立てているのに慣れてしまっていたのだ。三日たって気づいてみると、彼からの電話だけを頼りに毎日を過ごしていた。

「ぼくがいなくて寂しいかい?」昨日は電話でさりげなくきかれた。

フランセスカはさりげなく笑って言った。「それはもう! あなたに処理していただいたほうがよさそうな問い合わせがいろいろあって」

オリバーへの深い思いを、ちょっとした言葉の端々にも表すつもりはなかった。そして心の片隅ではどこか楽天的に、彼の楽しみがほかの何かに発展するよう願っていた。子供がおもちゃに飽きるように飽きられるかもしれないということをよくよく考えたくはなかった。

体だけの関係がいつかは燃え尽きるのはわかっている。そしてオリバーが惹かれているのはわたしの体だけ。わたしはイモージャンのような彼の理想の女性ではない。そのイモージャンとすらうまくいかなかったとしたら?

いいえ、そんなことを考えるのはよそう。一生懸命努めれば、この世で手の届かないも

のはないはずだ。

オリバーが出発して二週間後、帰ろうとしてデスクの上を片づけていると、ヘレンが入ってきた。

ヘレンとは少なくとも一カ月以上会っていなかった。もっとも、二つのフロア共通の化粧室でたまに顔を合わせることもあり、そんなときは、社内でぎくしゃくするのも好ましくないので如才なく言葉は交わすものの、早々に逃げ出すことにしていた。

いまは用心深くヘレンを見て、帰るところだということをにおわせようと、片づけを続けた。

けれど、その手はきかなかった。「うるさいボスがいなくて、毎日どう?」

「まあまあよ」わざとらしく片づけの手を休めない。

「彼のことで、社内に噂が流れているけど……」ヘレンはペンを取り上げてじろじろ見ている。

「あら、そう?」体がこわばったが、声はさりげなく無関心を装うことができた。

「そうなのよ」ペンを置いて、ヘレンはじっとフランセスカを見た。

例によって厚化粧をし、超ミニの黒のスカートに、想像の余地をほとんど残さないぴったりとした長袖のシャツという場違いな装いだ。オフィスでの服装のエチケットはどこかに置き忘れたように、いつ見てもデスクワークよりはナイトクラブ向きの格好をしている。

まあ、男性たちは喜ぶだろうけれど。

「恋人と別れたって噂よ」

「本当?」

「確かよ。それに、その噂ではうまくいかなくなったのは、彼女にほかの人ができたからですって」

「そうなの? 噂はうのみにすべきではないと思うけど」

「でも現場を見られているのよ。ナイトクラブで、ブロンドの男性と一緒だったそうよ」

「ブロンドの男性?」フランセスカは気分が悪くなってきた。「だれに聞いたの?」

「友達の友達よ。わたしもその場に居合わせたかったわ。あの尊大で高慢ちきなイモージャンが遊びほうけている図なんて想像できないわ。でしょう?」

いいえ、わたしには想像できるわ。

「この友達の友達が、彼女と一緒だったその男性を知っている人を知っていたの。といっても親しくはないんだけど、ルーパットなんとかっていうんですって。あなたの昔からのお友達じゃない?」

こってりとメーキャップをほどこした目が針のように細くなる。フランセスカは黙ってうなずいた。ルーパットから二週間も連絡がなかったけれど、それに気づかないほど、わたしの頭はほかのことでいっぱいだった。

そういえばこの前会ったとき、女性問題を抱えていると言って、詳しいことを話したがらなかった。彼の好みからすると、問題が少し切実すぎたんだわ。

「オリバーはどう思っているのかしらね」

「それほど落ち込んではいないようだったけど」うっかり言ってしまい、言葉が口を飛び出したとたんに、顔に血が上るのをフランセスカは感じた。

「彼が、あなたにそんな話までしたの？」

「わたし、もう帰らないと。ほかに何か用でも？」

「あの人って、わたしの見たところでは打ち明け話をするタイプじゃないわ。それなのにどうしてあなたは彼の私生活まで知っているの？」臭跡を追うブラッドハウンド犬のように、ヘレンはコートかけのところまで追ってきた。フランセスカは顔をそむけてコートを着たが、結局は向き直らなくてはならず、とたんに鋭く突っ込まれた。「彼と寝たのね？」

フランセスカはためらった。そのつかの間のためらいで充分だった。ヘレンが意地の悪い目をした。

「このすきにとばかり割り込むことにしたのね？　まったく、いやらしい女だわ！」

「ばかなこと言わないで」弱々しく抗議したが、もう手遅れだった。一瞬の沈黙が高いものについてしまった。

「彼が一人になったのを幸い、取り入ったのね？　それとも彼のほうで、つらい夜に気をまぎらす相手はあなたでもいいと思ったのかしら?」

「もう失礼するわ」ヘレンがエレベーターまで追ってこないことを祈りながらフランセスカはドアに向かった。

「虫も殺さないような顔をして!」ヘレンがののしった。

留守の間に自分のミルクをたっぷりなめられた猫の恨みのようだ。フランセスカはうんざりしながらそう思った。

「何が起こっているか、半径五十キロ以内の人たち全部に知れ渡るようにしてやるわ」ヘレンが冷笑を浮かべて言う。

フランセスカは足をとめた。言い合いはしたくなかったが、かっとして頭に血が上ったいまはどうしようもない。「そんなことをしたら」口調だけは穏やかだった。「だれがその噂を広めたか、オリバーにわかるようにしてあげるから。そうすればあなたは、くびよ」

人を脅すなんて初めてのことだった。体が木の葉のように震えている。二人はにらみ合った。ヘレンは言われたことをよく考えて、職を失ってまで噂を広める値打ちがあるかどうか計算しているのだ。給料だって相当いいに決まっているのだから。

「このままではすまさないわよ」そう言うだけで腹の虫を抑えることにしたらしい。

エレベーターが来た。フランセスカは飛び乗って一階のボタンを押し、ヘレンが乗ってこないとわかると安堵のため息をついた。

　でも、いまの会話を思うと、まだ怒りがおさまらない。何もかも否定すればよかった。あそこまで話が発展する前にオフィスを出ればよかった。何をほのめかされても笑い飛ばせばよかった。あれもこれもそうすればよかったのに、しなかった。

　ヘレンがずるそうな口をゆがめて、噂を雪だるま式に社内に広めていく図を想像し、彼女は身震いした。


　アパートに帰ると電話が鳴っていた。受話器を取って、それを顎の下で支え、体をよじってコートを脱ごうとした。オリバーからだった。

「帰りが一週間以上、遅れそうなんだ」いつものようにいきなり言う。「こっちの仕事の進み具合が思っていたより遅くてね」吐息が聞こえ、親指で目をこすっているのが見えるようだった。

「ご心配なく」がっかりはしたものの、明るく答える。「ちゃんとやっていますから。あの契約のことではベン・ジョンソンと連絡をとりましたし、彼が求めている情報は、明日の朝いちばんにファックスで送るようにします」ヘレンのことが頭に浮かび、私生活のほうではあまりうまく事が運んでいるわけではないと話したら、彼はどう言うかしらと思った。

「それはよかった。それで、きみは？」

「ありがとう」急にうれしくなった。「元気よ」

「するときみも仕事も順風満帆ってわけだ」どことなく耳ざわりな声だ。なぜかしら？　わたしが元気だから？　彼がいないことを嘆き悲しんでほしいの？　でも長距離電話は声の調子を変えてしまうから、思いすごしかもしれない。そう思うと、気分はかなりよくなった。「お帰りを待って目白押しに並んでいる会合は延期しておきます？」陽気な調子を変えずにきく。

「もちろんだ。一度に二つの場所にはいられないだろう？」

それからしばらく仕事の話が続き、彼が電話を切ったとき、フランセスカは一時間前よりずっと幸せな気分になっていた。

それから思い立ってルーパットに電話した。最近は連絡もしないですまなかった、と後ろめたそうに謝る彼の言葉を聞いたあと、訪ねてくるように説き伏せた。

「夕食を一緒にどう？　コーンビーフのサンドイッチだけれど」

「そうと聞けば」ルーパットが笑った。「いますぐ駆けつけるよ」

実は、イモージャンのことがききたかったのだ。

ルーパットもそれを予期していたらしいと、ドアを入ってきた顔を見たとたん察しはついた。やましさと警戒心の入りまじった顔をしていたが、ワイングラスを手に腰を下ろすとすぐに、先手を打つつもりらしく言った。「話そう話そうと思っていたんだが、実は、きみの知っている人とつき合ってるんだ。イモージャン・ザトラーと。もっと早く話すべきだったんだけど、こういうことって……」声が先細りに消える。フランセスカはにっこりした。

「いけない人ね。彼女は予約ずみだったのよ」

「婚約は解消したんだよ」

フランセスカは眉を寄せた。さっきオリバーと電話で話していたときは、彼とイモージャンの間で起こったことについての不愉快な考えは押しやるようにしていたが、いまになって、ヘレンの言葉が思い出された。彼のほうで、つらい夜に気をまぎらす相手はわたしでもいいと思ったのかしら？

「二人とも初めは軽い気持だったんだ。ぼくは彼女のことを面白いと思った。いままでに会った女性とは全然違うからね」もっと詳しく説明しようと、眉を寄せて続ける。「最初見たときは、それほど魅力を感じなかった。つまり、とてもきれいな人だとは思ったけれど、でも……」

「リンダ・ベイカーとはタイプが違う？」フランセスカは茶々を入れた。リンダは彼の昔のガールフレンドの一人で、非の打ちどころのない美貌（びぼう）に、非の打ちどころのない育ち。ただ、イモージャンの頭の中の部屋がいっぱいで活気に満ちているとすれば、リンダの場合は、しばらく風通しをしていない部屋がかなりあるという感じだった。

「そう、そうなんだ。ナイトクラブが楽しいと言われたときだって、調子を合わせているんだとばかり……ほら、きみのボスと一緒に彼女を引っ張っていったとき」

「あのときからのことなのね？」

「彼女から電話があって、ぼくたちは話した。その次はぼくが電話をした。ある日彼女のオフィスの前をたまたま通りかかって、二人で飲みに行ったんだ。後ろめたいつき合いじゃなかった」

「別にいいのよ。あなたをとがめているわけじゃないんだから」

「でも、オリバー・ケンプに悪いと思ってるんだ」それはそうだろう。他人のガールフレンドを盗むなんて、本来、この人らしくないことだもの。

「ぼくたちは話し合うことがたくさんあった。ぼくがこれまでつき合ってきた女性全部を合わせても、彼女の小指一つの知性にさえかなわないだろう。ぼくみたいにぐうたらな男の中に、彼女が何を見たのかはわからない。永久にわからないかもしれない」

本当に不思議そうな声で言うので、フランセスカはほほ笑まずにはいられなかった。自分の持っている、人のよさとか思いやり、明るく気楽な性格などがどんなにユニークなものか、この人には思いも及ばないのだ。精力的な男らしさからくるオリバーの魅力とは異質のものだけれど、それにはそれなりのよさがある。

「寝ても覚めても彼女のことが頭から離れなくなった。ぼくは遊び歩くのをやめた。彼女が電話をしてきたとき、留守にしていたくないからね。だがまだ一線は越えていなかった。いずれそうなるだろうとは、二人ともわかってはいたけどね。それに彼女はまだ婚約をしていた。オリバーとは長い間友達だったけど、婚約したのは間違いだったと彼女は言った。友情は愛情には発展しないとね。少なくとも彼女にとってはそうだった。最初はそれで充分だと思っていたらしいが、ぼくに会って……」満足そうな笑みが浮かぶ。「と、まあ、こういうわけなんだ。結局は、オリバーのほうからすべてを白紙に戻したらしい。自分の欲しいものを求めるのは当然だと彼女に言ってね」ルーパットはワインを少し飲み、椅子の背によりかかった。「何か質問は?」

フランセスカは首を振った。何もない。とにかく、ルーパットに関しては。

それから二時間ばかり、ルーパットがまたひとしきりイモージャンの話をして帰ったあと、フランセスカは部屋を片づけながら考えた。

婚約は、オリバーのほうから破棄したというのは本当だろう。でも、その寛大さは、そうするしかない事情があったからではないかしら? 恋人が自由になりたがっていた。だから、求められる前にそれを与えた。

〝気をまぎらす相手はあなたでもいいと思ったのかしら?〟ヘレンの言葉が浮かんでくる。

失恋した男性は反動から、相手はだれでもいいと思ってしまうのではないかしら? だからオリバーはわたしに会いに来たのでは? 愛している人に、あなたを愛していない、実はほかの人とつき合っていると言われ、その悲しみをまぎらしてくれる女性がどこに行けばいるか知っていた。あの晩のオリバーは失恋した人には見えなかったけれど、考えてみれば人に暗い顔を見せるタイプではない。

事実をちゃんと見据えなくては。オリバー・ケンプは慰めが欲しかったのだ。一時しのぎの女性が。時がたてば愛が育つだろうと楽天的に信じ、喜んで言いなりになっていることはもうできない。不毛の土地には何も育たないのだから。

オリバーはイモージャンを愛している。彼女の知性や、貧しさからはい上がっていまの富を築いた根性を。手の届かない人となってしまっただけに、いっそう愛しているかもしれない。そして、いつまでも愛し続けるだろう。

そんな彼が、わたしのように甘やかされて育ち、何かを得ようとあくせくしたことさえない人間を愛せるわけがない。

いまとなっては、彼の帰国の予定が遅れてよかった。その間に気持を落ち着けて、しなければならないことをはっきり自覚できるだろう。

6

「具合が悪そうね」意地悪くほくそ笑んでいるような声でヘレンが言う。二人は化粧室にいた。フランセスカは鏡をのぞき込んだ。口紅をつければ青ざめた顔が少しはましになるかしら？

「いいえ、気分は上々よ」それは嘘だった。実際はこの二週間ずっと、オリバーのことや、明日彼が戻ってきたときにデスクの上に見つけるはずの辞職願いのことを考えてひどい気分だったのだ。

「わたしならだませたかもしれないけど」鏡の中で目が合うようにフランセスカの後ろにまわってヘレンが言う。「クレア・バーンズが、この前の朝あなたに会いに行ったら、いまにも死にそうな顔をしてたって言ってたわよ。恋人は明日帰ってくるし、天にも昇る心地になっていいはずなのに」

フランセスカがこっそり化粧室を見まわすと、ヘレンが声をあげて笑った。

「だれもいないわよ。わたしたちと、わたしたちの小さな秘密だけ」そう言われてフランセスカはまた吐き気に襲われ、トイレに駆け込んで、きわどいところでドアを閉めることができた。

トイレから出たときはもうヘレンはいなかった。彼女はゆっくり自分のオフィスに戻った。デスクのいちばん上の引き出しには、辞職願いが不発爆弾のようにおさまっている。ルーパットがアパートに訪ねてきて決心がついたあの日以来、ずっとそこに入っているのだ。これを書いてからは生きる意味がすっかりなくなったような気がしている。

でもオリバーへの思いを本人に悟られなくてよかった。この何週間かオリバーとの電話では、個人的な感情は抑えて陽気に話をし、遠く電話線の向こうに彼の声を聞くその瞬間を毎日どんなに待ち焦がれているか、悟られないようにしてきたのだ。

実際、辞めようと決めてからはなおさら、声をできるだけ冷たくするように心がけてきた。そうすることで避け難いことへの気持の準備をしたのだ。

それでも翌朝出社したときはひどく神経が高ぶっていた。オリバーが辞表を読んでいる間、緊張した女学生のように突っ立っていなくてすむよう、前日彼のデスクにその不発爆弾を置いてきたのだ。

まだ父という難関があるけれど、早く辞職すれば再出発もそれだけ早くできる。

オリバーのことはすぐに乗り越えられるだろうと自分に言い聞かせながら、コートをコートかけにかけ、デスクに向かった。けれどそこに行き着く前に、社長室のドアがぱっと開いた。半ば振り返っただけで、オリバーが冷たい目で、戸口をふさぐように立っているのが見え、みぞおちにむかつきを覚えた。

四週間以上会っていなかったので、恐ろしいほどのそのハンサムぶりに改めて衝撃を受けた。どんなに背が高く、押し出しが堂々としているか忘れていたのだ。でも彼から受ける一種のパワーといったものは覚えていたし、いまもそれを感じていた。

出張前に会ったときの、思い出したくもない記憶が不意に生々しくよみがえった。人生最高の夜のあと、ベッドで一糸まとわぬ姿でいたときのことが。

「ぼくのオフィスに来てくれ」オリバーはにこりともしないで言い、フランセスカがなんとも答える暇がないうちに、背を向けて中に消えてしまった。

フランセスカは三度深呼吸をして気持を落ち着かせ、中に入ってドアを静かに閉めた。それから彼と向かい合った椅子にかけ、膝で手を組んだ。

じっとりと冷たく汗ばむほど緊迫した沈黙が続き、とうとう彼女のほうから尋ねた。

「向こうではすべてうまくいきました?」

オリバーの目は冷たく厳しかった。「これはどういう意味だ?」思ったとおり、おざなりな挨拶(あいさつ)の言葉は無視し、まるで汚いものでもさわるように二本の指で辞表をつまみ上げる。

「ああ、それ、お読みになったんですね?」

「いや、推理ゲームをしようと思ってきみを呼んだんだ」皮肉をたっぷりこめて言う。「ばかばかしい。読んだに決まってるじゃないか」

いきなり彼が立ち上がったので、フランセスカは飛び上がった。オリバーは窓際に行き、窓敷居に腰かけて腕を組み、彼女を見た。

「なぜ辞める決意をしたか聞かせてもらおうか」

「それは」フランセスカは眉を寄せた。わたしはどう言うつもりだったかしら？「いまの仕事はわたしの求めている仕事ではないとはっきりしたからです」練習してきたせりふとちっとも似ていない。

「退屈すぎるってわけかい？」

「いいえ、とても刺激的ですわ」つい本音を吐いてしまった。

「給料が安すぎる？」

「いいえ、まさか！　これ以上給料のいいところなんて考えもつかないくらいです」

「それなら、とびきり高給で刺激的な仕事をどうして辞めるんだ？」

いい質問だわ。同じように気のきいた答えはないかしら？「わたしが求めているのと違うということしか……」結局はそうとしか言えなかった。

オリバーはぐっと眉をひそめた。「あいまいな言い方はよしてくれないか、フランセスカ。辞める理由は、ぼくと寝たからだと、どうして言わない？」

　重い沈黙が訪れ、フランセスカの顔に血が上った。

「それとこれとは関係ありません」彼女が言うと、オリバーはこぶしでどんと窓枠をたたいた。

「よせよ！」

「いいわ、わかりました！」フランセスカは顔をぱっと上げた。「そうよ、あなたと寝たから辞めるんです」

「よし。これで話がはっきりしてきた」彼はデスクに戻って椅子にかけた。「ベッドをともにしたからって、きみの仕事がどう違ってくるというんだ？」

「わたし、あなたとは働けない……」

「頼むから大人になってくれ、フランセスカ。きみがオフィスに一歩足を踏み入れたとたん、ぼくが変なまねをするとでも思ってるのか？」

「まさか！」また言いくるめようとしているんだわ。この人はそういうのがとてもうまいんだから。弁護士にでもなればよかったのに。

「それなら、どうして……」

「あなたには惹かれていないとわかったからです。わたしが初めてここに来たとき、あなたは、はっきりと、わたしはあなたのタイプではないとおっしゃったわ。逆にあなたもわたしのタイプではないと思うんです」こんな見え透いた嘘、だれにだって見破られるはずなのに、オリバーの表情は変わらなかった。そして彼が口を開いたとき、その声は明らかに冷たくなっていた。

「なるほど。だが、それがきみの辞職とどういう関係があるのか、まだわからないね。ぼくがいやで、そばにも寄りたくないってことかい？」

ひどく不愉快そうな声だった。わたしのことを、自分から身を投げ出しておきながら、いざ受け入れられるとあわてて逃げ出す金持の小娘にすぎないと思っているのかしら？

なんと答えていいか見当もつかないのに、返事を待って長い間見つめられ、フランセスカはとうとう目を伏せて、小さく肩をすくめてみせた。

「いいかい」ずっと年上の世故にたけた大人が、聞きわけのない子供をさとすように言う。「きみはいい秘書だ。やっとそういう秘書が見つかったんだ。信じないかもしれないが、ぼくはきみをこれ以上誘惑するつもりはない。一度ベッドをともにしたからといって、いつでもそうしていいなんて、そんな虫のいいことは考えてないよ」オリバーは身を乗り出した。「フランセスカ、どうしてちゃんと目を開けて現実の世界を見ようとしない？　男も女もいろいろな理由で深い関係になる。そして間違った相手を選ぶこともある。でも、人生はそのまま続いていくんだよ」

「わかっています」つまり、わたしはあなたにとって間違った相手だったのね。大きなナイフで心臓を一突きされても、これほどひどくは傷つかなかっただろう。あまりの激しい痛みに卒倒してしまいそうで、フランセスカは震えながら深く息を吸った。

「辞める前に後任を見つけてもらわなくてはね」彼が続けた。問題が解決して、大喜びしていいはずなのに、フランセスカはあふれそうになる涙をのみ込まなければならなかった。そう、巧妙な男と女のゲームはこんなふうに運ぶのだ。愛のないゲームでは、ささいなことはあっさり退けられてしまう。

「もちろんです」この場にふさわしい常套句を何か考えて自制心を取り戻そうとしたが、必要なときに限って出てこないものだとわかった。「どういう人がいいでしょう?」

「この仕事を長く続ける覚悟のある人間ならだれでもいい」切って捨てるように言う。

「すみません、わたし……」

「もういい。二人の間に起こったことで、こんなに感情的になられるとわかっていたら、きみに近づきもしなかったのに」

「でも、どうしようもなくて近づいたの?」あまりの苦しさに逆に開き直り、フランセスカはひるまずに彼を見つめた。

オリバーの目が険しくなった。「いったいなんの話だ?」

「イモージャンにふられて、代わりにわたしを抱くしかなかったんでしょう。わたしなら喜んであなたの言いなりになるとわかっていたから」

「そうか、そういうことなのか」襲いかかろうとするコブラのように、彼は体を引いて椅子の背にもたれた。「自尊心が傷つけられて、腹立ちまぎれに辞めるってわけだ」

フランセスカは真っ赤になって顔をそむけた。オリバーが苦々しげに含み笑いをもらした。

「だれだって利用されるのはいやでしょう」

「あのときはちっともいやそうではなかったが、ぼくの勘違いだったのかな？」

「わたしがばかだったんです」わたしが間違った相手だったとしたら、あなただってわたしにとっては間違った相手だったのよ――少なくとも彼にはそう信じさせておかなくては。

「一晩一緒に過ごしたからといって、何を期待してたんだ、フランセスカ？　愛？　結婚？」

あまりに真相に近いところを突かれ、感情を表に出すまいと必死だった。「いいえ。でもあのときは、だれかの代用とは思わなかったわ」

「ぼくはそんなふうに女性を求めたりしない。ぼくはきみが欲しかった。お互いにその思いは同じだった。だからベッドをともにした。方程式の答えってわけだよ」

「そして、何事もなかったように楽しく仕事を続けていけると考えているのね？」

「実際、何もなかったんだ。だが、こんなことを言い合っていても意味がない。引きとめるつもりはないよ。すでに決心している人間を相手にぼくは無駄骨は折らない。あと何通か残っている手紙を入力してしまって、それからもちろん、代わりの人間を見つけてくれたら、すぐにも辞めていいよ」

「ありがとうございます」いったい何にお礼を言っているのかしら？　わたしの人生を台なしにしてくれたこと？　わたしを欲望のはけ口にしてくれたこと？　でもそのことでこの人を非難はできない。わたしも進んで誘惑されたのだから。

フランセスカは社長室を出るなり化粧室に行った。そこでまた吐き気と闘わなければならなかった。

自分のデスクに戻ったとき、彼はもう出かけていた。いくつかの指示を書いたメモと、入力する手紙が三通、デスクにのっていた。

フランセスカはそれを無視して職業紹介所に電話し、その午後に四人の面接を取り決めた。忙しくしていないと。暇があればみじめさがつのるばかりだ。

四人のうちの二人がかなり有望とわかり、とりあえずほっとした。何年間かの子育てのあと職場復帰を望んでいる三十代半ばの女性と、もう一人は、夫の転勤で北部から引っ越してきた中年の女性だ。

その日、五時半に帰ってきたオリバーをつかまえて、フランセスカはすぐに報告した。

「どちらでもよさそうなほうでいいよ」デスクの脇を通って社長室に向かいながらオリバーが言った。フランセスカは驚いて、ぱっと振り返った。

「ご自分の目で確かめなくていいんですか？」

オリバーは戸口で立ちどまって振り向いた。「きみの直感を信頼してるからね」冷笑を浮かべて言う。「その直感は、ある分野ではきみを裏切ったかもしれないが、ほかではちゃんと働くと信じているよ」そう言うなり、ドアを閉めてしまった。

そんなわけで、フランセスカは職業紹介所に電話して、どちらを採用したか告げるしかなかった。それから、初出勤の日を決め、人事課にも連絡をとった。そのあと一時間、できるだけ仕事を片づけてしまおうと、せっせと働いた。オリバーはわたしに早く辞めてもらいたがっているという感じがしたからだ。初めは引きとめようとしたけれど、それに失敗すると、わたしやわたしの子供っぽい良心のとがめからあっさり手を引いてしまったのだ。

キーボードを乱暴にたたきながら、フランセスカは思った。これが彼の頭だといいのに。

オリバーは一足先に、彼女にちょっとうなずいただけで帰っていった。次に腕時計を見ると六時半をまわっていて、空腹でめまいがし、気分が悪くなった。

帰りにスーパーマーケットに立ち寄ったが、スーパーとは名ばかりの店で、ありふれた缶詰が並び、種類の限られた野菜類はいつもしおれたようになっている。

その夜、急いで作った夕食をたっぷり食べてベッドに横になっているうちに、彼女の気まぐれな考えはまた別な方向に向き始め、眠りに落ちるころには、できたら明日にでも会社を辞めなければと考えていた。

翌朝は入社以来初めて遅刻し、着くとすぐに社長室のドアをノックして入っていった。

オリバーは電話に出ていた。そして、きびきびした命令口調で話しながら、向き合った椅子を指さした。その引き締まった体の線や、唇の形、淡いブルーの冷ややかな目を永久に心に刻みつけようと、フランセスカはこっそり観察した。

「何か？」受話器を置くなり彼が言った。

「後任の方が決定しましたので。小さいお子さん二人のお母さんで、しばらく現役を離れてらしたんですが、入力テストも楽にこなして、ここと同じ業界で働いていたこともあるそうです。聡明（そうめい）で熱心な方ですから、ブランクはすぐに取り戻せると思います」

「名前は？」

「ジェシカ・ハインズ。明日から働いていただきます。たまっている仕事も片づけましたし、今週いっぱいで彼女に仕事の引き継ぎをすれば、わたしは金曜日には辞められそうです」

オリバーは肩をすくめた。「わかった」

フランセスカは立って出ていこうとした。けれど、ドアのノブに手をかける前に、オリバーが追いついてドアにもたれた。男らしい香りが胸を締めつける。

「今週は外出がちで、チャンスがないといけないので、いま言っておきたいことがあるんだ」

「なんでしょう?」

「ぼくを見て」命令口調で言われ、フランセスカは観念して顔を上げ、彼の目を見た。

「きみが辞める前に誤解を解いておきたいんだ。つまり、ぼくがあの夜きみとあんなふうになったのは、失恋の痛手から慰めを求めたからではないってことだ」

「別に弁明していただかなくて結構です」苦々しい怒りをこめてフランセスカは言い返した。

「いや、そうはいかない。きみは感情的に大人になりきってない。だから、こういうことをくよくよ考えて、手に負えないほど大げさなものにしてしまいかねないからね」

「それはご親切にありがとうございます」フランセスカはいやみたっぷりに言った。感情に流されやすい子供みたいだと、それも怒らせるつもりもなく言われただけに、いっそう傷ついてしまったのだ。

「ぼくたちはあの夜、まったく自然に結ばれたんだ。ぼくはきみに触れながら、感傷的にイモージャンを思い出して触れていたわけではない」

「でも彼女を愛してらしたでしょう」

「それは質問か、それとも断定なのか?」

「そう見えるってことです」

それには答えず、オリバーは顔をそむけて言った。「できたらきみに辞めてもらいたくないんだ」首に赤黒く血が上り、声がこわばっている。よほど不愉快なのだろう。人に何かをしてくれるように頼むのは、これが初めてなのかしら？

　彼は苦労して世の中をはい上がってきた人だ。人に頼んでドアを開けてもらったこともなく、すべて自分で開けなければならなかっただろう。

　この人の言うとおりにしたい。楽しいこの仕事を捨てたくない。彼に溺(おぼ)れきってしまいたい。でもそれはできない。若さゆえの楽天主義は跡形もなく消えてしまった。あきらめずに思い続けていれば、いつか彼もわたしを愛してくれるだろうなどという途方もない夢を、どうして抱くことができたのかしら？　いまはそれさえ不思議だった。

「ここには残れません」にべもなく答えると、彼は体を引いて両手をポケットに突っ込んだ。

「いいだろう。それならこれ以上は引きとめない」オリバーはデスクに戻って腰を下ろした。「今週のぼくのスケジュール表は持ってるね？」彼女を見ずにデスクの上のファイルをぱらぱらめくり、何枚かの書類を取り出した。「日中はほとんど社にいないが、用があれば、携帯電話か出先に連絡を入れてくれ。それから明日は昼食をミセス・ハインズと一緒にできるよう手配しておいてくれないか」

「わかりました」

「よし。もう行っていいよ」

オリバーはフランセスカを見ようともしなかったが、それでも彼女はまだドアの前でためらっていた。

「もういいんだよ、フランセスカ」

今度は顔を上げて言われ、うなずいて部屋を出た。

そう、そういうことなのね。パソコンの前に座りながらフランセスカは思った。それでも人生は続いていく、時が傷をいやしてくれる——陳腐な文句はいくらでも頭に浮かんでくる。でも、どれ一つなんの慰めにもならない。すべては変わってしまった。ルールをまったく知らない、未知の世界に足を踏み入れたみたい。これからどうなるのかしら？それについては考えたくない。いまは、まだ。いずれ考える時間はたっぷりあるだろう。母が生きていてくれたらと、これが初めてではないけれど、切実に思った。たいていのことは父に相談できる。でも、これから切り抜けなければならないことには女性の知恵が必要だ。

翌朝は、さわやかな一陣の風のように、聡明で快活なジェシカが出社してきた。オリバーは社長室でちょっと会っただけで、すぐに出かけてしまった。それでもジェシカは強烈な印象を受けたらしく、フランセスカの横に来て座り、ショックを受けたような声で言った。「すごく高圧的ね」

「そのうち慣れるわよ」フランセスカは答えた。

「あなたは慣れた？」
「ええ」でも、ジェシカと同じほど仕事とお金が必要だったら、果たしてどうだったかしら？　ジェシカの夫は画家兼インテリアデザイナーだ。自分ではどうしようもない事情で景気の左右される仕事で、いまは仕事の口が少ないのだという。「人使いは荒いかもしれないけど」フランセスカは明るい声で続けた。不安を助長するようなことを言って、せっかくはりきっている人に水を差すこともない。「でも、とても公正な人だし、根気よく説明もしてくれるわ」少しほめすぎかもしれないけれど、ジェシカの不安はいくらか取り除かれたようだった。

その日はそれから、オリバーがジェシカを昼食に連れ出したときを除いて、二人は休みなしに働いた。そして金曜日には、必要な引き継ぎは終わり、このまま会社を辞めても悔いを残さずにすみそうだった。

やがて五時半になると、フランセスカは時間をかけてコートをはおり、ゆっくりとオフィスを見まわした。オリバーが自分の人生から永久に消えてしまう前に、その姿を一目だけでも見ておきたかった。けれど、彼が現れる気配はなかった。

実際、この一週間、ほとんど会っていないのだ。会合でオフィスを留守にすることが多く、そうでなくても、話は直接ジェシカとするので、フランセスカは後ろに控えてところどころ補足するだけでよかった。

会社を出て地下鉄の駅に向かっているとき、ヘレンがどこからともなく現れた。まるで吸血鬼みたいに。内心フランセスカは絶望のうめきをもらした。

「お元気?」ヘレンは声をかけてついてくる。

「ええ」本当は最低の気分だった。でもヘレンだって本当の答えを期待しているわけではない。いつものように、もっと意地悪な何かを言うための前奏にすぎない。

「本当? 信じられない!」

「信じられなくて結構よ」

二人は駅に着いて、切符売場の列に並んだ。ラッシュアワーで、人込みと、蛍光灯の荒涼とした明かりと、ヘレンがそばにいることで、フランセスカはめまいがして気分が悪くなった。ふいに青ざめた顔をヘレンが鋭い目で見ているのが感じられた。

「会社を辞めるんですって?」ヘレンがきく。「ずいぶん急だけど、どうして?」

この列、もう少し速く動いてくれないかしら。フランセスカいらいらしてきた。前にまだ十五人ばかり並んでいて、こういうときに限って運悪く、先頭の男性が財布が見つからなくてぐずぐずしているのだ。

「でも、それでよかったのよ」ヘレンがなれなれしく言う。「わたしだってあなたの立場だったらそうしたわ。彼は、あなたがタイミングよくその場にいたから寝ただけなんだもの」憎々しげなねたみが声ににじんでいる。ヘレンはオリバーが自分に関心を持っていいないだけでなく、その存在にさえ気づいていないのを知っているのだ。「女はプライドを持たなくてはね。これからどうするの？」

「ほかの仕事を見つけるわ」先頭の男性がようやく財布を見つけたらしく、列がスムーズに動きだした。やれやれだわ。

「でも、そんなことできるの？」ヘレンに後ろからささやかれ、ぎくっとしてフランセスカは体をこわばらせた。どういう意味かしら？

「秘書の口はいくらだってあるわ」そう答えたが、胸の恐ろしいほどのざわめきはまだおさまらない。

フランセスカは切符を買って振り向き、捨てぜりふを投げつけた。「わたしがあなたならオリバー・ケンプのことは忘れるわ。彼はあなたに関心すら持ってないし、これからも持つわけないから」

「だったら、お気に召さないかもしれないけど、わたしとあなたって案外似てるのね。まあ、これから何をするにしろ幸運を祈るわ」ヘレンは陰険な笑みを浮かべた。「それに、あなたも喜んでくれると思うんだけど、あなたが辞めたおかげでわたしにも道が開けたのよ」

「どういうこと？」

「あら、別に大したことではないの。ただ、今日、オリバーに会って話をして、わたしをあなたの後任にしてもらったってこと。わたし、入力の腕はまだまだだけど、会社のことも取引先のこともよく知っているから。わたしの後任にはジェシカが入ることになったの。彼女には月曜にオリバーが伝えてくれるのよ」たっぷりとマスカラを塗ったまつげの下から、ずるそうな目が光っていた。「わたしにチャンスを与えてくれるなんて、彼、優しいわね」

フランセスカは何も言わずに背を向けて、走るようにプラットホームに向かった。体がほてって吐き気がし、ただ無性に自分の部屋に帰りたかった。

わたしに黙ってヘレンを後任にするなんて、ひどい裏切りだわ。彼女も結局、彼と寝るのかしら？　熱に浮かされたようにそんな思いが頭を駆けめぐる。

それから一週間、フランセスカは部屋に引きこもって過ごした。何をするのもけだるく、考えることがありすぎて、心が重く、涙もろくなっていた。

考えたくもないのに、オリバーのことを考えてしまう。ヘレン・スコットのことも、考えたくはないのに考えてしまう。それにほかにも同じほど身の細るような心配事がいろいろある――これからどうやって切り抜けていこうか、父にどう打ち明けようか。父との間には、まだ気まずい沈黙が続いている。それが自分のせいだとわかってはいるものの、それでなくても破りにくいその沈黙を、こういう話で破らなくてはならないのは最悪だった。

金曜日の夜、紅茶のカップを手に、見るともなくテレビを見ていると、ドアにノックの音がした。

だれかしら？　眉を寄せてドアを開け、フランセスカはショックのあまり棒立ちになった。

「何しにいらしたの？」

オリバーの淡いブルーの目は冷たかったが、口元は笑っていた。「それが元ボスを迎える態度かい？」

「なぜいらしたの？」フランセスカはドアに手をかけたまま動かなかった。

「きみがどうしているかと思ってさ」勝手にドアを押して入ってくる。フランセスカは、ドアを閉めてなんとか落ち着きを取り戻すか、帰ってちょうだいと大声で叫ぶしかなかった。

彼女はドアを閉めた。オリバーが小さな居間を歩きまわり、足をとめて窓から外を見ている。下の通りは見渡す限り一本の木もなく気がめいるような眺めだが、ロンドンとあらば仕方がない。

「コーヒーでもいかが？」ぎこちなくきいた。

「面倒でなければ」

「面倒なんかじゃないわ」わざと二人きりにされたことに不意に気づいて、なんとか話をしようとしている顔見知りのようだった。

フランセスカはコーヒーをいれてオリバーにカップを渡し、椅子の上に脚を上げて横座りになった。

「で、元気？」コーヒーを口に運び、あのフランセスカをどぎまぎさせるような目でじっと見つめる。

「ええ、元気よ」フランセスカは気負いぎみに答えてしまった。

「会社を辞めたこと、お父さんに話した？」

「あれから父とは口をきいてなくて……そうね、来週あたり話すわ」彼女はあいまいに答えた。

「悪いニュースっていうのは伝えにくいからね」冷たい笑みを浮かべてじろじろ見る。

それが気詰まりで、彼がここに来ていることが不意に腹立たしくなった。頼みもしないのに勝手に訪ねてくるなんて。本当に会いたくなかった。こんな人のことなど忘れてしまいたいのに。

「何かほかの仕事はまだ探してないのかい？」

「ええ、来週から始めようかと」

「来週はずいぶん忙しいんだね？」皮肉っぽく言う。

「そうね」

「うちの社にも空きがあるんだよ。マリア・バーンズが辞めるんだ。義理の兄さんのところで働くことにしたらしい。経理課長のジェラルド・フォックスが、彼女の代わりを探しているんだが、よかったらやってみないか?」

「いいえ!」あの会社に戻る? そんなこと絶対に不可能よ。たとえお金を使い果たし、ほかに仕事の当てが一つもなくても、それだけはできない。

「いやかい?」オリバーは首を振ったが、驚いた顔ではなかった。断られるのを予期していたのだろう。

早く帰ってくれればいいのに。フランセスカはひどく不安で、動悸(どうき)が激しくなり、気が遠くなりそうだった。

「マリアはどうして会社を辞めることにしたのかしら?」当たりさわりのない話をしていればなんとか持ちこたえられそうだと、唇を舌で湿しながら尋ねた。「仕事が気に入っていたみたいなのに」

「ああ、そうなんだ。だが、義理の兄さんの会社がうまくいってなくて、秘書が必要なのに雇えないらしいんだ。給料はだいぶ安くなるが、その代わり、兄さんの家の屋根裏部屋を使わせてもらえるので、家賃分は浮くらしいよ」オリバーが目を上げた。険しく、あざけるような目の色だった。「窮すれば通ずで、何か手はあるものさ。そうじゃないか、フランセスカ?」彼はカップを目の前のテーブルに置き、フランセスカに近づいた。「疲れてるようだね。もう引き揚げたほうがいいかな?」

　フランセスカはほっとしてうなずき、見送ろうと足を床に下ろした。

「立たないで」オリバーはそう言って、にっこりした。その微笑にはフランセスカを不安にさせる何かがあった。彼は前かがみになり、彼女の座っている椅子の両脇に手を置いた。

「これ以上疲れさせてはいけないからね。そうだろう、フランセスカ？」

「どういうこと？」フランセスカは弱々しくつぶやいた。

「どういうことだって？　どういうことか言おうか。ぼくにわからないと思っているのかい？　きみは妊娠している、違うか？」

7

頭が一瞬、空白になり、顔が真っ青になった。

「だれに聞いたの？」激しい怒りの色におびえ、隠しても無駄だと観念してフランセスカはきいた。

妊娠を知ったとき、会社を辞めなければと、とっさに思ったけれど、考えはそこでとまっていた。一歩進んで、彼が妊娠を知るチャンスは充分にあると気づくべきだった。この人はわたしの父を知っている。二人はまた会う約束をするだろう。そうすればすべては明るみに出る。

おなかの子供の父親がだれか、父に言うつもりはなかったけれど、オリバーには言わなくてもわかってしまうだろう。単純な計算の問題だ。

フランセスカは額に手を当てた。その手をオリバーがつかんで椅子の上に押さえつけた。

「どうしてわかったの？」弱々しく尋ねると、彼は口をゆがめて冷笑した。

「そんなことが重要かい？　うちの社員のヘレン・スコットが教えてくれたんだ。この二週間ばかり気分が悪そうだったが、妊娠じゃないかって」

フランセスカは目を閉じた。どこでそんな内緒話がささやかれたのかしら？　彼のデスクの端にヘレンが挑発的に腰かけて？　どこかのバーでグラスを手に？　それともベッドの中で？

ヘレンはやはり疑っていたのだ。ほかの仕事を見つけると駅で話したときに〝でも、そんなことできるの？〟とささやいた彼女の言葉の意味が、いまになるとうなずける。あのときは、仕事がうまくできなくてわたしが辞めていくと誤解してそれとなくいやみを言っているのかもしれないと思ったけれど、もっと図星をついていたんだわ。

「そこのドアから入ったとき、どうしてすぐに言いたいことを言わなかったの？　あのおとぼけはなんのまね？」

「それとなく話をすれば、きみのほうから切り出してくれるだろうと思ったんだ。話す気があればね」

「そんなことするわけないでしょう」つんとして言い返す。「あなたには関係ないことなのに」フランセスカははっとした。いまのは言い方が悪かった。オリバーが顔を険しくするのを見て、口ごもりながら言いつくろおうとした。「つまり……わたしが言いたかったのは……」

「何を言いたかったのかよくわかっているとも。だがそれがぼくに関係あるってことを、いまこの場で、その頭にたたき込んでおくんだな！」

「子供は確かにあなたの子供よ。でも、あなたには何も求めない。むしろわたしの人生から消えてほしいの。今日もここに来てほしくなかったわ」

これは本当だ。わたしの人生をどんなにめちゃめちゃにしたか、この人にはわからないだろう。だって、一夜の愛の行為以上のものを、わたしはこの人にあげてしまったのだから。もしこの人が、子供を自分の問題だと考えていつまでもかかわってくるようだったら、わたしはどうしてこの破滅から立ち直り、人生を立て直していくことができるかしら？

当初は辞表を出すことしか考えず、子供のことをオリバーに知られるとは思ってもいなかったけれど、いまは思考が何十キロも一足飛びに飛んで、子供に会いたいばかりに、たとえまた別のイモージャン・ザトラーが現れようと、それでも彼が定期的に自分のところにやってくる人生を想像してしまうのだ。そんなことには耐えられない。

「だが、もうぼくは来てるんだ。いまさら追い出そうとしても、そうはいかない」

「でも、どうして……」かすれた声で尋ね、つかまれていた手首を引き抜いてさすりながら、少しは怒りが和らいだかと、思いきってちらりと視線を彼に向けてみた。だが、期待は裏切られた。

「どうしてだって？　きみはぼくをそんな卑劣漢と考えているのか？　女性を妊娠させておいて、知らぬ存ぜぬで責任逃れをするような男だと」

だれかのお荷物になるって、こういう感じなのね。だれかの間違った相手になるのと同じくらい、胃を締めつけられるような感じだわ。

オリバーは髪を指先でかき上げてソファに戻った。どさりと腰を下ろすと、両肘を膝について前かがみになり、軽く両手を組んだ。

夢の奇妙な点は、現実とはかけ離れているということだわ。わたしはいつも自分の人生がごく普通の形で展開し、だれかと恋をして結婚し、子供を産んで家庭を作るのだと夢見ていた。そして、その一つ一つの過程がすばらしく幸せだと。

でも現実は……確かに恋はした。でも、間違った相手とだった。子供はできた。でも、愛のない関係でできた子供だった。本当に笑ってしまう。ただ、少しも楽しくはなく、ひたすらみじめなだけ。

「避妊薬はのんでいると言っただろう?」その言葉にもの思いを破られ、フランセスカは気後れとやましさの入りまじった顔でオリバーを見た。

「あれは嘘だったの」指をよじりながら白状した。「何も起こるわけがないと思っていたから」信じられないと言いたげな、いら立った表情を見て、やましさより弁明の必要からフランセスカは急いで続けた。「だれかれかまわず寝るわけじゃなし、どうして避妊なんてしなくてはいけないの? とにかくたった一度、しかも初めてのことでこんなことになるほど運が悪いなんて思ってもいなくて」

「だが、そうなってしまったんだ。これからどうするか、それを考えなくては」

「どうするって？　どういうこと？　わたしがこの子をなんとか始末しようとしているなんて、まさか考えているんじゃないでしょうね！」

「ばかな！　そんなことを言ってるんじゃない！」

「じゃ、なんなの？　子供に会う権利の話を始めるのはまだ早すぎるでしょう？」

　ばかばかしくて答える気にもならないと言わんばかりに、オリバーはその質問を無視した。「好むと好まざるとにかかわらず、ぼくはその子の父親なんだ。だから、道はただ一つ、結婚するしかない」

「いやよ！」

「どうして？」

「愛し合ってもいないのに……」

「夢の世界に住むのはもうよしてくれ。これは現実なんだ。そして、ぼくたちは結婚するしかないんだ。お父さんには明日の朝話そう」

「いいえ、結婚なんてだめよ」子供のためだけに申し込んでいるとわかっている結婚を、わたしが承諾すると本気で思ってるのかしら？「妊娠してやむをえずした結婚は失敗するに決まっているわ」フランセスカがそう言うと、オリバーは笑い飛ばした。

「そんな統計、どこから仕入れてきたんだ？」

「だれだって知ってるわ」かたくなにつぶやく。「わたし、一人で充分やっていけます。あなたから経済的に助けてもらわなくても、家に帰って……」

「きみは家には帰らない。ぼくの子供を育てるのに、きみのお父さんのお金は使わせない」

「人にあれこれ命令しないで！」

二人は黙ってにらみ合っていたが、やがて、オリバーが立ち上がった。「コーヒーをいれるけど、きみもどう？」

「コーヒーはやめているの」

「じゃ、ジュースは？」

フランセスカは肩をすくめ、うなずいた。コーヒーをゆっくりいれてくれるといいけれど――そうすれば、その間に考えをまとめることができる。

やがてオリバーが戻ってきてオレンジジュースのグラスを彼女に渡した。そして数分たったところで、さりげなく言った。「少しは気分がよくなったかい？」

わたしはともかく、そう言うオリバーのほうは、すっかり機嫌が直ったらしい。激しい怒りの色もいまは顔になく、あの並外れた自制心を取り戻し、カップの縁越しに、なぞめいた目で見つめている。

「お互い、感情的にならずに話を続けようじゃないか」フランセスカはむっとしたが、何も言わなかった。「ぼくからの経済的援助が必要ないのはわかった。だが、だからといって問題が解決するわけじゃない。たとえば、きみが妊娠したのをお父さんはどう思うだろうね?」

「大喜びはしないでしょうね」何かいい考えでもひらめくかのようにグラスの底をのぞき込んで答えた。「ショックも受けるし、がっかりもするでしょう」控えめに言っての話だ。父はいつもわたしのためによかれと思うことをしてきた。母親のいない分まで埋め合わせようと努力してきたのだ。忙しい仕事の合間を縫って、学校のちょっとした行事にも参加し、大事なときはいつもそこにいられるように時間を作ってくれた。だからこそ、わたしが専門学校の秘書養成コースを出たあと、父が眉をひそめるような人たちと出歩きだしたとき、あんなに心配したのだ。

「ぼくに結婚を申し込まれているのに、きみにはその気がないと聞いたら、お父さんはもっとショックを受け、もっとがっかりするよ」

「父はわかってくれるわ」

「そうかな?」

「父は、結婚するなら間違った動機からではなく、愛のためにしてほしいと思うはずよ」

「じゃ、ぼくがきみを愛していると、お父さんに信じさせればいいんだろう?　子供のために結婚するより悪いことは、世の中にざらにあるよ。本当は大して愛してもいないのに目を輝かして結婚して、一カ月もしないうちにだめになる場合もある。ぼくたちは、少なくともお互いを知っているからね」

「ものは言いようね。でも父は、わたしの愛がまやかしだとすぐに見抜くわ」

「そんなことはない。人間は、自分が信じたいことは簡単に信じてしまうものだよ。それに、ぼくだって疫病神みたいな人間じゃないだろう？」

「まあ、ご謙遜を」そう言い返すと、彼が今度はかなり楽しそうに笑った。

そうなのだ、この人の言うとおり、二人はお互いを知っている。少なくともわたしは彼を知っている。だから愛してしまったのではないかしら？　横柄でそっけない外見の下に、温かさや、ウイットや、公正さがあるのを見てしまったから。

彼も本当にわたしのことを知っているのかしら？　わたしを子供だと——お金の翼に乗って気楽に生きてきた、甘やかされた子供だと思っているだけ。

それに初めはわたしに全然魅力を感じていなかった。ただ、肉体的なことでは考え直したらしい。その理由は、はっきりとはわからないけれど、経験からだいたいの察しはつく。でも、わたしが彼のタイプでないことはいまも同じだ。子供のためでなければ、わたしに結婚を申し込むなんて夢にも考えなかっただろう。

「きみがちゃんと面倒を見てもらっているとわかっているほうが、お父さんだっていいだろう。一人で子供を育てようと悩んでいる未婚の母と考えるよりはね。まったく、きみ自身がまだ子供なんだから」

「ほら、またそれ！　ありがたくて涙が出そう」

「考えておいてくれ」オリバーはカップをテーブルに置いて立ち上がった。「明日の朝また来るから」

彼は帰っていった。フランセスカはまた椅子にぐったりと座り込んで、見つめるともなく前を見つめ、いま言われたことを考えてみた。

わたしは自分を子供とは思っていない。けれど、オリバーの言おうとしたこともわかる。彼と衝動的に愛し合い、気づくと、いやおうなく大人になるしかない状況になってしまっていた子供、と言いたいのだろう。

わたしが、家庭という安全保障もなしに赤ん坊をこの世に送り出そうとしていると知ったら、父は心配するだろう。わたしは愛をいっぱい受けて生まれ落ち、片親しかいない家庭の子供ではあったけれど、それは父が選んでそうしたのではなかった。

それに、生まれたばかりの赤ん坊が家にいて、父がうまくやっていけるかしらということも心配だった。父はまだ年寄りとは言えないけれど、眠れない夜が続けばどんなに元気な人でも疲れてしまう。それに父は、義務感からではなく愛情から、人並みの手助けをしないと気がすまないだろう。

翌朝の八時にオリバーがドアをノックしたとき、彼女の顔には疲労の色がにじんでいた。

「眠れなかったのかい？」いきなりきかれ、フランセスカは一歩さがって彼を通した。

「ええ、あまり。あんな話のあとで眠れるはずないでしょう？　どうしたらいいかと考えていたの」

「朝食は？」フランセスカは首を横に振った。「つまりきみは、医者の勧める良識ある行為ってのを正確に守ってたわけだ。眠りもせず食べもせず」

土曜日なので、オリバーはジーンズにオフホワイトのシャツというラフな格好をしていた。フランセスカは思わず見とれてしまい、その顔を見られないように急いで横を向いた。

「ほら、ほら」聞き分けのない子供に言うように彼が追い立てる。イモージャンにもこんな態度をとったのかしら？　絶対にそんなことはないだろう。「何か食べるものを持ってきてあげるから」オリバーはフランセスカを椅子に座らせた。気絶しそうに気分が悪かったので、彼女は素直に従った。

キッチンから鍋や食器の触れ合う音がして、しばらくするとオリバーがスクランブルエッグとトーストの皿を持って現れた。そして腰を下ろし、彼女が食べるのを見守った。椅子の傍らの植木鉢にそれを全部空けはしないかと監視しているんだわ。

「ありがとう。おいしかったわ」食べ終わって礼を言い、キッチンに行って、唖然としてしまった。「いったいいくつお鍋を使ったの？」

「料理はできると言ったが」思いがけず近くで声がした。「きちんとできるとは言ってないよ」オリバーは彼女の手から皿を取って洗い始めたが、かなりぞんざいで、水切り台に食器をどんどん積み上げるので、フランセスカはあわててふきんを取って、割れないうちにふきにかからなければならなかった。「さてと」片づけが終わるとオリバーが言った。「着替えをしておいで。お父さんのところに顔を見せに行こう」

「きっと父は出かけているわ」

「いや。これから行くと電話しておいたんだ。お父さんは心配して、きみが連絡してくるのを待っていたんだ。だから喜んでいたよ」

「なんですって?」フランセスカはあっけにとられて彼を見つめた。「ひどいわ、人に断りもなしに」

「妊娠の話はいずれしなくてはならないんだ」一緒に仕事をしているうちにわかってきた、あの問答無用の口調で言う。

「もちろんよ。そのつもりだったわ! だからといって強制されることはないわ」

「きみにはそれが必要なんだよ。仕事を始めるときだってそうだった。これだって強制されなければ、いつまでも先延ばしにして、寝ても覚めても暗く考え込んでしまうんだ。きみは愚にもつかないことで、お父さんに腹を立てて家を出た。だからこんな知らせを持って帰ることに耐えられないんだ。親子げんかなんて、結局そういうことになるんだよ」

フランセスカは歯を食いしばった。当たっているだけにいっそう腹が立ってくる。

どうしてわたしの人生は急にこんなにややこしくなってしまったのかしら？　いままで難局や窮地など他人事で、穏やかな水面に波風を立てるような心配事もあまりなく、陽気に人生を渡っていけると考えていたけれど、それは無邪気すぎたかもしれない。できれば彼を非難したい。でもそれはできない。運命のせいにするほど運命論者でもない。

父の莫大な資産にこれほど保護されていたとは思ってもいなかった。なんの苦労もなしに過ごしてきて、いまになってこういうことになると、どう対処していいか手も足も出ないのだ。

でも、だからといって、オリバー・ケンプに強制される覚えはないわ。

「昨日のわたしたちの話というか、あなたが話していたことだけど……わたしはまだ何も決めていないのよ」車で父親の家に向かい始めたときフランセスカは言った。「それなのに、なぜあなたがわたしと一緒に父に会いに行きたいのかわからないわ」

道路から一瞬目を離して彼女を見た顔には、てこでも意思を曲げないという表情が浮かんでいた。「お父さんにちゃんと話すかどうか、きみはあてにならないからさ」

「人の人生に口出しするのはやめて！」

「きみがそうさせたんだ」

「何もかもわたしのせいなの？」涙ぐみそうになる。「男の人ときたら、いつもこうなんだから！」

「ばかなことばかり言ってるんじゃない」ハンカチを手に押しつけられ、フランセスカは音をたてて鼻をかんだ。

「あなたにそばでうろうろされないほうが話しやすいわ。これはまったく個人的な問題なんだから」

「ぼくたち二人の問題だ」

オリバーは前庭に車を乗り入れてとめ、先に降りて、両手をポケットに突っ込んでフランセスカを待っている。肌を刺す風が黒髪を乱し、苦みばしったいい感じを与えていた。

父親は居間で待っていた。ブライディーは二人をせき立てるようにして通し、どこかのよそ者が何をしに来たのかというような、うさん臭そうな顔でオリバーをちらちらと盗み見た。

「やあ、ダーリン」父親がためらいがちに言う。「よく来たね」近づいてくる父にフランセスカは思わずほほ笑みを浮かべたが、心中は不安におびえていた。心の準備をする時間はたっぷりあったのに、実際その場になってみるとおろおろしてしまい、話をしようと演壇に立ち、大勢の聴衆を前にしたとたん原稿をなくしたことに気づいた人のようだった。

「オリバー、いったいどういうことなんだ？　まあ、二人ともかけて」父親はソファのほうを示し、オリバーが先に腰かけてフランセスカのために隣の席を軽くたたくと、驚いた顔をした。「紅茶かコーヒーでもどうかな?」そして答えも待たずにドアのほうに行き、大きな声でブライディーを呼んだ。彼女は近くにいたらしく、すぐに現れた。父親は、コーヒーを持ってくるように言った。「それに、クロワッサンも頼むよ」

「パパ……」口ごもりながらフランセスカは言った。「ごめんなさい……何もかもパパのせいにしたりして。わたしが悪かったわ」

「もういいよ」言葉はそっけないが、目には光るものがあった。「それで」飲み物や食べ物が出そろって落ち着くと父は続けた。「どういうことなんだ? フランセスカにあの仕事は無理だと言いに来たんじゃないだろうね、オリバー?」

「このニュースはフランセスカが自分で話したいんじゃないでしょうか」オリバーが穏やかに言う。

まったく、まるで落ち着き払ってコーヒーを飲んでいるんだから、とフランセスカは思った。この人って鋼鉄でできているのかしら?

「ニュース? なんのニュースだ?」父親が心持ち語気を鋭くして、フランセスカに向き直った。彼女はなだめるような笑みを浮かべてみせた。

「別に大騒ぎするほどのことではないのよ、パパ。ただ、あの……それは、つまり……」ああ、どうしよう。彼女はコーヒーに逃げたが、ひどい味だった。二人の目が注がれているのが感じられ、胃がむかむかしてくる。「話というのは、だから……」

途方に暮れてオリバーを見ると、彼はさらりと言ってのけた。「お嬢さんは仕事を辞めたんです」

「なんだって?」

「パパ!」救命具もなく深い海にほうり込まれた心境だった。「わたし……そうなの、辞めたの」

「どうして?」

「ああ、どうしてかですって?」フランセスカは時間稼ぎをしたが、どうしたらいいかわからないままに続けた。「どう言えばいいのかよくわからなくて。それにパパがショックを受けてがっかりするだろうと思うと……」父親の目をまともに見られなかった。父親がショックを受けてがっかりするのを見たくなかったのだ。「でも、わたしがばかだったから……」

「ぼくはそうは思わないよ」オリバーが横から口を出した。ソファの背に彼の腕が伸びてきて、肌に軽く触れるのが感じられた。

父親は、それほどショックを受けたようにも、がっかりしたふうにも見えず、ただ、とまどった顔をしていた。

「パパ」フランセスカはいきなり言った。「わたし、子供ができたの」

死んだような静けさが訪れた。父親を盗み見ると、口をぽかんと開けている。ほかの場合だったら、こっけいに見えるくらいだ。

「卒倒なさる前に申し上げておきますが」こういうニュースを打ち明けるのは日常茶飯事とばかり、オリバーがすらすらと巧みに言ってのけた。「ぼくたち、結婚しますから」彼はかがんでフランセスカの頰にキスをし、彼女は真っ赤になった。

「わたしはまだ……」フランセスカは言い始めた。

「そう、日取りはまだ決めてないんです。でも遅いよりは早いほうがいいでしょう。そうだろう、ダーリン？」温かい息が顔にかかったので、彼が自分のほうを向いたのだと、フランセスカにはわかった。

父親はまだ息もろくにできずにいたが、ようやく言った。「フランキーが？　妊娠？　結婚する？　いったい何がどうなっているんだ？」

フランセスカは急いで、子供はできたけれど結婚は予定にはないと言おうとしたけれど、オリバーに先を越された。

「ぼくたちもこんなことになってびっくりしているんです。でも、喜んでもいるんですよ。ね、ダーリン？」

その声には警告の響きがあった。フランセスカは不意に、自分の人生の手綱を失ってしまったような気がした。まわりでものがくるくるまわっているような、現実離れした世界にいるようだった。

「これは、これは、これは」父が詰めていた息を吐き出した。「まったくなんと言えばいいか」まだ呆然とした顔をしている。「もちろんびっくりしたよ、あまりに突然で。だって、そうだろう?」

「こういうことは予測できなくて。違うかい、フランセスカ?」オリバーがものうげに口を挟む。

「それはそうだ」父は宇宙から大気圏内に再突入したように少しほっとしている。「おまえのお母さんとわたしも、一目見るなり、お互い結ばれる運命にあるとわかったからね。おまえたちの場合もそうなんだろうが」

「まったくそのとおりです」オリバーが臆面もなく言う。ほくそ笑んでいるようなその声を聞いて、フランセスカは気が遠くなりそうだった。

「なるほど。フランキー、おまえに生命の誕生の話をしてやるのが遅すぎたようだね。いまさら言ってもあとの祭りだが」だんだんと歩み寄りを見せてきた父を見て、フランセスカはうろたえた。二人がいずれ結婚するとなれば状況はかなり緩和されると言った、オリバーの言葉どおりになってきたらしい。彼は、父親が娘の相手に望みそうなすばらしい獲物、海中でいちばん大きな魚だったのだ。わたしは結婚したくないと、いまさらどうして言えるかしら?

そのあと三十分ばかり、フランセスカは二人の話を呆然として聞いていたが、父親が出かけてしまうとすぐにオリバーに向き直り、冷たく言った。「どうもありがとう」

それから立ち上がって、中庭に向いた大きなガラスのドアに近寄り、手入れの行き届いた芝生をぼんやり眺めた。庭は一週間に二度、庭師が来て手入れしていく。父親の話では、結婚したころはよく自分で庭仕事をしていたが、それを喜んでくれた母が亡くなってからは、さっぱり興味がなくなったということだった。

フランセスカはまだ一度も芝生を刈ったことさえなかった。

「結婚したいなんて、わたし、一度もあなたに言ってないわよ」声が甲高くなり、涙がまぶたの裏をちくちく刺す。「こんなこと間違っているわ」振り向いて彼女は続けた。

マントルピースにけだるげにもたれていたオリバーが、口元を硬くした。「どうして?」

「あなたがわたしを愛してないから。お互いに愛がないからよ!」それを口にすると心はひるんだけれど、目は真っすぐオリバーに据えていた。

オリバーがゆっくり近づいてくる。いいかげんにしてくれないかという目の色をしている。「自分の心によくきくんだね。ぼくたちの過ちを子供に償わせるべきだと本気で思っているのかい?」

「いいえ」モラルのない人間であるかのように言われ、フランセスカはかちんときた。「でもあなたは、わたしと結婚しなくてはならないはめに追い込まれたことで、結局はわたしを憎むようになるわ」

「ぼくのことを勝手に分析しないでくれ」とげとげしい声で言い、肩をつかんで怖い顔をする。

どんな気持かしら、とフランセスカは考えた。この人と暮らして子供を育て、来る日も来る日もこの人への愛をひた隠しにしておかなくてはならないとしたら？

「分析なんかしてないわ。でも結婚は間違いよ。二人には何も共通点がないんですもの」

「いまさら共通点を数え上げて何になる？」だが、彼の声からはとげとげしさがなくなっていた。「きみとあのルーパットには共通点がたくさんあった。彼と間違いが起こったほうがよかったかい？」

「ルーパットと？」フランセスカは吹き出しそうになった。「そんなばかなまねはしないわ」

オリバーが眉をひそめた。「こんな問題を話し合っても仕方ないよ。一人でやっていく決心をしたと、きみがお父さんに話したいなら別だが」

「でも、人に強制することはなかったでしょう」

「いちばん腹の立つのはそのことなのかい？」

「だれだって無理強いされるのはいやよ」

「人生は好きなことだけしていればいいってものじゃないよ」きつい口調で言われ、涙がこみ上げてくる。困ったように肩をすくめると、オリバーがため息をついて、彼女をソファに引っ張っていった。「ほら」フランセスカを座らせて自分も横に座り、ハンカチを出して彼女の涙をふく。「ぼくが言うことをいちいち勘繰るのはやめないと」

「無理よ」声が震えた。彼女はハンカチを奪い取り、自分でぬれた頰をふいた。「あなたにどう思われているかわかっているんですもの。あなたはわたしや、わたしの生き方を頭から非難している。わたしだって、この世の中、自分の好きなことだけして、いやなことは見ないふりで生きていけるものではないとわかってはいるわ。でもやはりあなたと結婚するという考えには耐えられない」

「なるほど」無表情に言う。「きみはどうしてぼくとあんなことをしたんだ？」

「それは……」本心をさらけ出さずにどう説明すればいいかしらと必死に考えをめぐらす。

「あなたが魅力的だからよ」

「ぼくと結婚するのがどうしてもいやというのなら強制はしないよ」

「ええ」ほっとしていいはずなのに……。

「でも結婚しなかった場合を考えてごらん。お父さんがどんなにお金持でも、一人で子供を育てるのは、そんなに甘いものじゃないよ」

「わかっているわ」声が小さくなる。

「ぼくたちの結婚を一種の取り引きとみなせばいいんだ」きっぱりと言う。「起こったことをいまさらとやかく言っても始まらない。それを受け入れて、子供に最善のことをしなくては」

「どうしてそんなに冷静でいられるの？」

「感情的になっていいことは何一つないからね。きみは妊娠した。その子の父親はぼくだ。その責任を逃れる気はないってことだよ」

フランセスカは話を聞きながらも、手助けなしに子供を育てることの大変さを考えていた。彼は二人の結婚を一種の取り引きとみなせばいいと言った。それで、わたしがどう思われているかよくわかる。でも、この人の言うとおりだわ。考えなければならないのはわたしのことではない。

「わかったわ」打ち負かされ、疲れきって彼女は言った。「結婚します」

「準備はぼくがするよ」安堵も大喜びもしていない声だった。

「簡単にしましょう。父は盛大にやらせようとするでしょうけれど、わたしはいや。役所に届けるだけでいいし、白のドレスを着るつもりもないわ」

「どうぞご自由に。ぼくなら、けばけばしい赤を着てくれてもいっこうにかまわないよ」

「まあ、よかった！」

オリバーが立った。「アパートまで送ろうか？」

「いいえ。もうしばらくここにいて、一人で帰るわ」

彼はためらっていたが、やがて肩をすくめ、月曜に連絡するからと言った。「来週中にはすっかり準備ができるだろう」フランセスカは息をのんで彼を見上げた。「そうしたら、きみはぼくのところに移ってくればいい。大家への転居通知は何日前に出せばいいことになってる？」

「二週間よ」ジェットコースターにでも乗った気分だった。「でもそんなに急ぐことはないでしょう」

「いや、早くしないと、きみは一日置きに気を変えて、結局はなんにも解決しないことになる」

「わたしを気まぐれな子供扱いしないで！」フランセスカがかっとなって言うと、彼は短く笑った。

「だってそうだろう、フランセスカ？　一時的に惹かれた男の手で大人になることを望んだ子供、原因と結果というものがあるってことをなかなか実感できないでいる子供」オリバーは意味ありげな視線を投げ、それから帰っていった。フランセスカは安堵のため息をついてソファにぐったりともたれた。

また泣きたくなった。でも泣いてなんになるの？　だから頭を空っぽにして、つらい考えから自分を引き離そうとした。けれど、やはり考えてしまう。オリバー・ケンプはわたしになんでも与えることができる。結婚指輪も、子供のために両親のそろった家庭も、何もかも――ただ一つわたしの望むもの、そう、愛を除いては。

8

この結婚に踏み切ってはたしていいものかどうか、よく考える暇もないうちに、オリバーが月曜の夜アパートにやってきて食事に出かけようと言った。

「どうして?」それが最初に口をついて出た言葉だった。仕事帰りの彼はオーダーメイドの高価なダークグレーのダブルのスーツ姿で、圧倒されるほど男っぽく見える。

「話し合いたいことがあるし、食事もしなくてはならない。とても簡単な方程式に思えるけど?」

それで二人はいま、ハムステッドにある居心地のいいフランス料理店にいた。

「あれから、あのことについてお父さんと話し合ったかい?」白ワインを口に運びながら彼がきく。フランセスカはオレンジジュースのグラスを指先でもてあそんでいた。

「ええ、いろいろと。土曜の夜はうちに泊まって、何時間も話をしたの。父は、役所で結婚するという話には、あまりうれしそうな顔はしなかったけれど、まあまあご機嫌は悪くなかったわ」

「お父さんはきみを愛しているんだよ。愛はたいていのことを許すものだ」

愛については話したくない。これからは、それなしに生きていくことを学ばなければならないのだから。それで、探るような目から急いで視線をそらした。

「でもこれでよかったのかと、まだ自信がなくて」

料理が運ばれてきた。クリームソースのたっぷりかかった魚料理だ。食欲をそそるように添えられた、色とりどりの野菜料理を彼女はつついた。

「食べろよ」食べたくなさそうなその様子を見てオリバーが言う。にらんだあと、彼は低い声で笑った。

「結婚したらあれこれ命令するんじゃないでしょうね」フランセスカはつぶやいた。オリバーがまた笑った。

「それほどぼくは勇敢じゃないよ」

「どういう意味？」

「きみは毒蛇の牙(きば)を持っているから」

「喜んでいいのかしら」顔はしかめたものの、それほど腹は立たない。彼の目が笑っているからだろう。その微笑に心が和み、愚かにもうれしくなってしまう。実際、二口三口食べ始めてみると、思っていたよりおなかはすいていた。

「準備はすっかり整ったからね」ぬぐうようにきれいに食べた皿の上にナイフとフォーク

をそろえて置いたとき、オリバーがさりげなく言った。「式はあさってにしたよ」

「あさって？」その手早さにフランセスカは唖然とした。オリバーが目を険しくした。

「文句は言いっこなしだ。友人を招いてもいいが、ぼくとしては客は少ないほうがいい。それから、ハネムーンのことだが」

「ハネムーン？」フランセスカはぎょっとして目を見開いた。ハネムーンは愛し合う人たちのものだ。何かの事情でやむをえず結婚する二人にハネムーンは似合わない。「その必要はないわ。式だけで、あとは普通の暮らしに戻ればいいんじゃない？」

「何も重大なことは起こらなかったようにってことかい？」なぜかむっとした声で言う。「起こったことを忘れてしまいたいんだろう？　ただ肉体的に惹かれたからというだけで男とベッドをともにして、その単純で自然なたった一度の行為からいろいろなことが生じたが、それでも二人の生活は大して変わっていないというふりをきみはしたいんだ。だが現実は変えられない。ぼくたちは結婚してハネムーンに行く。だいいち、行かなかったら、お父さんがどう思う？　お父さんは昔かたぎの人だから」

「あなたがハネムーンに行くと決めたのは、二人の世界はばら色に輝いているという茶番劇を続けるためなのね？」

「いちいち突っかかってくるんじゃない」耳ざわりな声だ。「どこか海外で休暇をとるのも悪くないだろう？」

「わたしはむしろ……」

「何が望みかはもう聞いたよ」オリバーは邪険にさえぎった。ウエイターが少し離れたところでデザートのメニューを持ってうろうろしていたが、無視されて、そっと遠ざかっていった。「一週間くらい、どこか太陽がさんさんと照っているところがいいな。カリブ海とか極東とか。どっちがいい？」

「そうね、カリブ海かしら」気乗りのしない声で答えると、オリバーが冷たい視線をちらりと向けた。

「たいていの女性なら二つ返事で乗ってくるのにな。夏とは名ばかりの、このイギリスのひどい陽気を逃れて、日ざしのあふれるところで休暇を過ごせるんだから」

「そうね、わたしは特別なんでしょう！」

「ああ、そうだ、確かにね」またいやみ？　でも気にしないことにしよう。ちょっとした言葉やしぐさをいちいち追及するのはやめなければ。

なぜ素直にそうできないかはわかっている。オリバーを愛してしまった自分の愚かさが許せないからだ。彼にとってあの夜のことはもっと単純なことだったのに。愛した女性、結婚するはずだった女性が、ほかの男のもとに走ってしまい、たまたま手近にいたのがわたしだったという、ただそれだけのことだった。

人生、いろいろなことは変えられるけれど、ただ一つ変えられないのは過去なんだわ。

結婚式はあっけなく終わった。フランセスカ・ウエイドが、一瞬後にはフランセスカ・ケンプになり、世間にそれを公表する指輪が指にはめられただけ。

二人は数人の友人しか招待していなかったが、父親がその埋め合わせに自分の友人をかなり招いていた。大事な一人娘が結婚するのに、その幸せな出来事の招待客リストから外されたと知ったら、がっかりする人たちばかりだからと、娘を説き伏せたのだ。簡単な式が終わると、一同は父親の家に向かった。華やかな披露宴がないと知ってうろたえた父親が、豪勢な立食パーティーを用意していたのだ。

招待客の中にはイモージャンとルーパットもいた。フランセスカはなるべくイモージャンを見ないようにしていた。見れば、ほかの男に奪われた恋人を目の当たりにしてオリバーの頭にどんな思いが去来しているか、考えずにはいられないからだ。

場合によったら自分のものになったかもしれない。けれど、視線をそらし、幸せを装おうとする努力で体はこわばり、気分は落ち込んでいくばかりだった。

「元気を出して」オリバーが彼女の腰に腕をまわして、さりげなくささやく。

「これでも必死で笑顔を作っているのよ」

「わかっている。見ればわかるよ」

「ほかの人は気づいてないわ」笑い声があちこちであがり、人々はくつろいでしゃべっている。父親も鼻高々で歩きまわり、楽しそうにしていた。

「ああ、だがぼくはきみからのシグナルをキャッチできるようになってきたからね」腕をまわしたままオリバーが言う。やがて客が三々五々帰り始め、フランセスカはとうとうイモージャンと顔を合わせることになってしまった。

「お話しするチャンスがほとんどなかったわね」フランセスカを片隅に引っ張っていって座らせながらイモージャンが言った。口元をほころばせている。フランセスカもほほ笑み返そうとしたが、疲れてしまい、眠かった。妊娠してから、いつも疲れているようだ。

「いろいろと忙しくて」父親以外まだだれも妊娠のことは知らない。ほっそりしたスタイルをいまだに保っていて、マタニティードレスはまだまだ先の話のようだった。

「ずいぶん急でしたものね。ルーパットとわたしもそうなのよ。今年じゅうにはゴールインの予定なの。そうしたらわたしは仕事を辞めて、子供を産んで、ルーパットの不動産経営を手伝うつもり。彼にはもう、家にいることに慣れるようにしないといけないと脅してあるの。だって、あのだだっ広い家に閉じ込められて、ぎゃあぎゃあ泣く赤ちゃんの世話を一人でさせられたらたまらないでしょう!」イモージャンが笑い、フランセスカも笑ったが、相手の幸せな家庭生活を思いやってうらやまずにはいられなかった。「わたし、オリバーのことも喜んでるの。婚約までしていたのにこんなことになって、彼に女性不信に陥られてはと心配だったから」

「でも少しは……」フランセスカは適切な言葉を探した。

「悩んだかってことね」イモージャンが助け船を出す。「それほどは。というのも、しばらく前からオリバーと結婚するのはどこか間違っているような気がしていたの。でもそれが何かはっきりしなくて、うやむやに過ごしていたんだけど、ルーパットと恋をして何が欠けていたかわかったの。わたしは学校の成績もよくて、初めからいい仕事に恵まれて、いつの間にか成功の頂点に立っていたわ。でも、その仕事を捨てるのがそんなに残念ではないのよ」

「あなたとオリバーがもし結婚していたら、子供は作ったかしら？」

「あら、それはもちろんよ」ルーパットが部屋の向こうから手招きし、手首を上げて腕時計を指してみせている。イモージャンは立ち上がり、笑いながら言った。「オリバーはいつも子供を欲しがっていたわ。自分ではあまり認めたがらないんだけど、両親に早く死に別れたことがかなり影響しているんじゃないかしら。彼は、長生きして孫の顔も見たいと言っていたわ」

最後の客をフランセスカは、笑みを浮かべ手を振って送り出した。いまは、なぜオリバーが結婚を強いたか、前よりよくわかっている。

彼が来て腰に腕をまわした。ほかの人には幸せなカップルと見えるだろう。これが、わたしの体内に息づいているもののために演じられた茶番劇だとは、何百万年たってもだれにもわからないだろう。

二人はすぐに空港に向かった。車の中でフランセスカは目を閉じ、黙ったままただ考えていた。

きっとこの人の欲望は急速に冷めていくだろう。彼が求めていたのはわたし自身ではなくて、つらい時期を乗り切らせてくれる肉体的魅力のある女性にすぎなかったのだから。二人は違う世界の人間だと、彼はいつも思っていたし、いまでも思っている。でも、妊娠がすべてを変えた。それは、情熱に負けた不運な一夜を、一生続く契約に変えてしまった。

目を開けてオリバーの横顔を眺める。この人が子供をどんなに欲しがっているか、その元恋人が親切に教えてくれなかったら推測さえつかなかっただろう。

また目を閉じ、次に開けたときは空港で、オリバーがそっと肩を揺すって起こしてくれていた。フランセスカは大きなあくびをし、狭い車の中でできる限りの伸びをした。

「大丈夫かい？」笑いを含んだ声だった。「それとも荷物はぼくが持って、きみを手押し車に乗せてあげようか？　そうすればもっと眠っていられるよ」

「わたしが悪いんじゃないわ。ホルモンのせいよ」

今度はオリバーはおおっぴらに声をあげて笑った。「そのホルモン、きみのすることにいつまで責任を負わなくちゃならないのかな？」そう言う彼を横目で見ると、とてもくつろいでいてセクシーに見える。チャコールグレーのスーツを、ダークグリーンのスラックスと淡いベージュのシャツに着替え、どきっとするほどすてきだ。

「何カ月もよ」フランセスカは車のドアを開け、肩越しに言った。「何年もかもしれないわ」

運転席から降りてきたオリバーは、まだにやにやしていた。

空港は混雑していたが、異常な込みようではなく、ピークの時期は過ぎていた。オリバーは海外旅行に慣れた人らしくてきぱきと事を運び、ファーストクラスの客として仰々しいほど丁重な応対を受けていた。

フランセスカはその後ろに控え、人々の往来を眺めた。海外旅行に思いをはせて胸を弾ませていないのは、この空港内でわたし一人じゃないかしら？

八時間も飛行機に乗るのはいやだったが、結局はほとんど寝て過ごし、目が覚めたときは、悔しいけれど、太陽の下での一週間を心待ちにし始めていた。

二人は飛行機から、まぶしい日ざしの下に降り立った。カリブ海に来たのはずいぶん前のことで、その強烈な色彩をすっかり忘れていた。すべてのものが非現実な明るさを帯び、木々の緑はひときわ濃く、花の色もいちだんと鮮やかで、空は雲一つなくどこまでも青い。イギリスではめったに味わえない独特の暑さが、人をものうげで平和な気持にさせる。

涼しい服は着ていたが、ホテルに着くころにはびっしょり汗ばみ、シャワーを浴びたくてたまらなくなっていた。

けれど、いざホテルの部屋に案内されると、これがハネムーンで、二人はベッドをともにするのだということを思い出して、はっと息をのんだ。

戸口に立ったまま警戒するようにダブルベッドを見ていると、オリバーがシャツを脱ぎながらそっけなく言った。「さっさと入って。まるで取って食われるみたいな顔をして」

彼はバスルームに入り、ドアを閉めようとさえしない。フランセスカはベッドは見ないようにして、急いで荷ほどきを始めた。

やがて、オリバーがタオルを腰に巻いただけで出てきたときは目のやり場に困り、ぴしゃりと言った。「服ぐらい着たらどうなの？」

オリバーがゆっくり近づいてくる。

「ぼくたちはもう夫婦なんだよ。忘れたのかい？」

「形だけのね」言い返すと、彼は眉を寄せた。

「きみはそう考えているのか？」

「ほかにどう考えようがあるの？　子供のことがなければこんなことになっていなかったのはお互いわかっているんだし、ほかに人もいないんだから、お芝居を続ける必要はないでしょう？」

すぐそばに彼が立っていると思うと、頬に血が上ってくる。ちょっと手を伸ばせば、あのたくましい体に触れられる。ばかげた衝動に負けてしまいそうで、フランセスカは両手を後ろに隠した。

「じゃ、ぼくたちはどうすればいいんだ?」

「それぞれ別行動をとるというのはどうかしら?」

「そしてたまにレストランでぱったり会う?」

答えないでいると、彼が腕をつかんだ。

「いいか、よく聞くんだ」感情を抑えた声で彼は言った。「ぼくたちは結婚した。その理由にいつまでもこだわるのはきみの勝手だが、そんなことをしても何も変わらないよ。それに、人目がないときはきみから離れているなんてつもりもないからね」

「ど、どういうこと?」

「これが文字どおりの結婚になるってことさ」

「まさか本気じゃないでしょう?」

「まったくの本気だよ。結婚しても、一つ屋根の下では暮らすが、ぼくのほうはほかの女性たちと適当にやってくれるだろうと考えているのなら、それはきみの考え違いってものだよ」

「それじゃ誠実な夫になるっていうの? 愛してもいない妻に対して? そんなことが信じられると思う? 誘惑が目の前にあるっていうのに」

「なんの話だ？」オリバーがいぶかしげに眉を寄せてきく。

「ヘレンよ」みじめでたまらなかったが、それを表に出さないようにして続ける。「ヘレン・スコット。わたしに黙って彼女にわたしの仕事をあげたでしょう！　ほかには何をあげたの？」

「ばかばかしい！　あの迷惑な女がそう言ったのかい？　彼女はぼくの秘書じゃないよ。どうしてきみは他人の言葉をそう簡単に信じてしまうんだ？　さあ、もう黙って、ぼくを見て！」

目を上げて彼の顔を見たとたん、胸がどきりとした。

「そう、そしてぼくにさわって」

「だめよ。できないわ」

「いや、できる」オリバーは冷笑を浮かべた。「ぼくから離れていれば、何も起こらなかったというふりができると思ってるんだろう？　だが、それでもきみはぼくにまだ惹かれている。違うかい？」あざけるように言われ、フランセスカは頬を染めた。

「いいえ、惹かれてなんかいないわ」彼女は嘘をついた。「あんなことになって、わたしは自分が憎いの。たった一度のばかげた衝動に負けたおかげで一生を台なしにしてしまった自分が。確かに結婚はしたけど、あなたとはなんの関係も持ちたくないの」

「今度その衝動に負けたらどうなると思っているんだ？」オリバーがささやくように尋ね

る。顎を指先で持ち上げられ、フランセスカは彼を見るしかなかった。「天がきみの上に落ちてくるとでも?」

「もうこんな話、よしましょう。意味ないわ」

「いや、話さなくてはならないんだ」冷酷な声で言う。「きみはいままで不愉快なことに直面する必要がなかった、そうだろう、フランセスカ? この問題と面と向き合えないのもそのせいなんだ」

「イモージャンならこの状況をもっと上手に扱えたでしょうね? わたしのことをいつもどうしようもない出来損ないみたいに言うけど、その尺度が高すぎるからじゃなくて? わたしは逆立ちしたって、あなたの元恋人のようにはなれないわ」

「イモージャンに嫉妬(しっと)しているのかい? ヘレンのことでやいていたように? それはどういう意味だと思う?」

フランセスカは彼から離れて窓辺に行った。

いずれはそうきかれるだろうとわかっていた。イモージャンの話を持ち出すんじゃなかったわ。ヘレンのことも。でも、そうせずにはいられなかった。前後の見境もなく嫉妬していたのだ。ヘレンのことは誤解だとわかったけれど、イモージャンはいつまでも陰の脅威となるだろう。

「どうなんだ?」後ろに来たオリバーがきく。

「あなたはルーパットに嫉妬してる？」答える代わりに逆にきいた。

「きみはルーパットと婚約していなかったし、ベッドをともにした仲でもないだろう？」オリバーのほうを見ていないで、外の広々した芝生をぼんやり眺めていてよかった。おかげで感情の揺らめきを表情から読み取られずにすんだ。

「もし、そうだったら？」

「それは仮定の質問だ」

「仮定でないとして答えてちょうだい」

「わかった」オリバーはしばらく口をつぐんだ。何を思いめぐらしているのかしら？

「彼は明らかにきみには似合っていない。だから嫉妬はしないよ。仮に彼と婚約していたとしても、きみはいずれ分別を取り戻しただろう」彼が背中を向けたのが、気配というよりは肌で感じられた。「さあ、シャワーを浴びておいで。それから少し眠るといいよ」

「ええ、そうするわ」ベッドの上に置いてあった着替えを持ってバスルームに向かったが、途中、彼のほうは見ないように努めた。とても疲れていた。精も根も尽き果てるほどに。

ゆっくりとシャワーを浴び、三十分ほどして出てくると、オリバーはもう部屋にいなかった。ベッドの上の衣類は片づけてある。引き出しを開けると、一枚ずつくしゃくしゃに丸めて突っ込んであった。フランセスカは苦笑しながらそれを出し、たたんで入れ直した。眠れそうもないと思っていたが、枕に頭をのせたとたん寝入っていた。

やがて目を開けるとオリバーが横に立って見下ろしていた。ベージュのショートパンツにTシャツを着て、皮肉っぽい笑みを浮かべている。

「いつからそこにいたの?」起き上がって、目をこすりながらフランセスカはきいた。眠ったせいで、さっきより気分がよくなっていた。驚いたことに十二時間以上眠り続けていたらしい。きっとよほど疲れていたんだわ。

「ぼくが片づけたのを、全部やり直したんだね」ちょっとふざけてふくれたように言う。

「せっかくしまったのに、どこが悪かった?」

「しまう前に、きちんとたたまなくちゃ」

「なるほど」彼はうなずいた。「いいことを教えてもらった。おかげで明日から、ぼくの生き方が変わるよ」

フランセスカは笑ってから、疑わしげに尋ねた。「どうしてそんなに感じよくなったの?」

「意地悪するより簡単だろう? さあ、さあ、おいで」小さな子供をせき立てるように言う。「世界が外できみを待っているよ。プールに、見たこともないような植物に、温かく青い海と白い砂浜に、ランチ」

「ランチがいいわ」ベッドを下り、彼の横をすり抜けてバスルームに着替えに行く。「おなかがぺこぺこなの」

バスルームのドアを勢いよく閉め、ショートパンツをはこうとしてちょっと苦労した。もうきつくなってきている。どうにかファスナーだけは上がったが、これからはウエストのぴったりした服は無理だろう。

「浜辺でランチってのを考えていたんだ」

二人は部屋を出て外に向かっていた。すてきなアイデアだわ。伏し目がちにこっそり彼を盗み見ただけで、またいつものように胸がときめいてくる。

この人の言うとおりだ。お互い、いがみ合っていても仕方がない。仲よくしているほうが努力もいらないし、神経もすり減らない。

「それはいいわね」フランセスカは愛想よく応じた。

庭を抜け、青緑色のプールの脇を通った。プールサイドでは水着姿の人たちが寝椅子に横になっている。真っ赤な花をつけた鮮やかな緑の生け垣の向こうは、浜辺に下りる急な石段になっていた。オリバーが振り向き、手を差し出した。下心のない自然なしぐさだった。

「ほら、あそこだよ。どう？」

「すばらしいわ」フランセスカは長い浜辺に端から端まで目を走らせた。海は静かで、さざ波一つなく、写真で見たら修正してあるのではないかと疑うほどの完璧なマリンブルーだ。寝椅子がいくつか並び、その上でものうげにまどろんでいる人たちがいる。白い砂浜にもタオルが広げられていたが、人影はなかった。

二人は小さな丸いテーブルに近づいた。そこに影を落としているパラソルは、さっき通り過ぎた真っ赤な花に似て、テーブルの真ん中から生えているように見える。後ろのやや右寄りには軽食堂があり、赤と黒の制服を着たバーテンダーも白の制服に白の帽子のシェフも、どちらも場違いな感じだった。

フランセスカは寝椅子を一つ引き寄せてタオルを枕にその上に横になり、目を閉じてオリバーに言った。「お昼は、あなたの好きなものを注文してきて。わたしは馬一頭でも食べられそうよ」

「どんな馬があるかきいてみるよ」まじめな顔でオリバーが言うので、フランセスカはにやりとした。「何か顔にかけないと、ロブスターみたいな色になってしまうよ」彼が新聞を投げてよこし、フランセスカは驚いて声をあげたが、素直にそれを顔の上に広げて日ざしをさえぎった。

けだるく、のんびりした感じ。もちろん太陽のせいだ。暖かさには一杯のワインと同じ効果がある。ふわっとして気分がとてもほぐれ、ビキニ姿で横になって身じろぎ一つしないでいると、トースターに入れられたパンはこんな気分かしらと思えてくる。

「ホルモンのせいでまた眠ってしまったんじゃないだろうね？」ものうげな彼の声がした。

「太陽にホルモンって、悪い取り合わせなのね」新聞紙を取ろうともせずに彼女は答えた。

「さあ、おいで」

「おいでって、どこへ？」新聞を上げて見ると、オリバーが寝椅子をやしの木立のほうに引っ張っていった。

「もっと静かなところに行こう」そう言って戻ってきてフランセスカを椅子から立たせ、その椅子も同じように引っ張っていく。日焼け用のクリームとサングラスの入ったバッグを持って彼女はあとを追った。

「食べ物は十五分くらいで来るそうだ」Tシャツを頭から脱ぎながらオリバーが言う。

「ホースバーガーを二つとフライドポテトを頼んでおいたからね」

「すごく健康的」フランセスカは笑った。「赤ちゃんにもいまからいい食習慣をつけておかなくてはね」

二人の目が合い、つかの間、沈黙が流れた。さまざまな思いを含んだ沈黙だった。けれどそのほとんどは、彼女の中にいま息づいている二人の絆についての思いだった。「もちろんさ。おなかから飛び出したとたんにコレステロールの高い食べ物を欲しがって泣く赤ん坊なんてごめんだよ」

フランセスカはにっこりしたが、かすかなめまいも覚えた。いま初めて、おなかの赤ちゃんのことをトラブルの種としてでなく、自分の体内に育つ奇跡として考えられたからかもしれない。

「さあ、うつ伏せに寝て」彼が言う。

「何をするの？」

オリバーは答えずに日焼け用クリームをチューブからしぼり出し、彼女の肩から背中、腰、そして脚へと、ゆっくり、リズミカルに伸ばしていく。横になって目を閉じていると、手の動きにつれて、心地よい満足感が全身に広がった。

「これでよし。今度は仰向けになって」

フランセスカは体をよじって仰向けになった。目を開けると、おなかのわずかなふくらみが見える。そう思って見るからわかる程度だけれど。足にクリームを塗り始めた彼の黒い頭も見える。

リズミカルな手の動きが腿まで上がってきたとき、呼吸が速くなり、彼を意識して体がうずいてくるのを感じた。両脚をもっとくっつけようと身じろぎしたが、手はすでにおなかに移っていた。

「少し太ってきたね」意外そうな声だった。「いままで気がつかなかったな」

「こんな格好だからわかるのよ」

いまは彼のしぐさには、さっきまでは気づかなかった親密さがある。シェフがせかせかとやってくるころではないかと軽食堂のほうを見たが、その気配もなく、二人はだれからも気づかれない人目につかない場所にいた。もっと海に近いところでは、ときたま二人連れがぶらぶら歩いているけれど、その人たちもめったにこちらは見ない。

「このほうがいいよ。ふっくらして見えて」おなかを丸くさすりながら、顔を見ずにオリバーが言う。

やしの葉の間からさす木もれ日が彼の体にまだら模様を描き、体の動きにつれて、それも動く。その光と影の乱舞から、フランセスカは魅せられたように目が離せなかった。

オリバーがまたてのひらにクリームを少し取って、胸のほうに伸ばしていく。

「胸も前よりふっくらしてきたね」

二人の目が合い、さやさやと吹く風の音にまじって、自分の息遣いが聞こえる――低く速く、ひそかなあえぎに似た息遣いが。

「わたしたちのお昼は、いったいどうしちゃったのかしら?」魅入られたような状態から逃れたくて言ってみたが、からんだ視線はそらせない。ビキニの薄い布地を押し上げているまろやかな胸に、マッサージの手が移っていたのだ。その巧みな手の動きに、胸がうずいてくるのが感じられ、指先でそこに触れてほしいと痛いほど思う。

「オリバー……」ため息まじりに抗議する。

「オリバー、何?」意地悪くにやにやしながら彼が言った。「オリバー、そのまま続けて? オリバー、わたしを抱いて?」

彼は指先を胸の谷間に走らせ、鼓動している胸の輪郭をゆっくりなぞる。

「オリバー、やめて」フランセスカは弱々しく言って起き上がった。「お昼が来たわ」

オリバーが笑って彼女の視線を追う。「ゴングの音でノックダウンを免れたね」からかうように言うのを無視して、フランセスカは昼食が前に並べられるのを待った。いいにおいのする超特大のビーフバーガーが二つに、数人の人がおなかいっぱいになりそうな量のフライドポテト、パイナップルをグラスの縁にのせた、とても冷たくてカラフルな飲み物が二つ。

体が、まだ燃えているように熱い。欲しくてたまらない何かを引っ込められてしまったように。

フランセスカはちらりとオリバーを見た。かつては一夜をともにし、いまは夫になったこの人と、どう闘っていけばいいのかしら?

オリバーが何を考えているかはよくわかる。少なくとも、かなり正確に言い当てられる気がする。

9

夫婦となったいまは、たとえわたしを愛していなくてもベッドをともにしない理由はないと思っているのだろう。今日はとても感じがよくて、あの洗練された顔の下でそんなことを考えているとは、とても信じられないほどだったけれど。

でも、そうなのだ。そりゃ彼には好都合だろう。でも、わたしはどうかしら？　ベッドをともにしてしまえば、感情の泥沼にもっと深くはまり込んでいくのが目に見えている。そしてある日、それもそう遠くないある日、この人はわたしを抱くのに飽きて、子供がいようといまいと、この女を愛することはできないと気づくだろう。そうなったら、わたしはどうすればいいの？

この結婚で、子供は父親のない子にならずにすむけれど、わたしはどっちつかずの状態であがくことになってしまった。これ以上この人と深くかかわるのは怖い。そして、この人への愛が強くなりすぎて魅力にあらがえなくなるのも怖い。

さまざまな思いに沈んで眉を寄せ、フランセスカは部屋の真ん中に立っていた。窓の外には漆黒の闇(やみ)が迫っている。

「いったいどうしたんだ?」じれたような耳ざわりな声がして、フランセスカは飛び上がった。

顔を上げると、オリバーと目と目が合った。いら立っているが、面白がってもいるような目だった。

「別に。ただ考えていただけ」

オリバーがため息をついて近づいてくる。しっかりしないと、あとずさりしてしまいそう。いえ、それよりもっと悪いことに、駆け寄って彼の腕の中に身を投げてしまいそうだ。

「きみみたいな気分屋には会ったことがないよ。まったく、わけのわからない女だ。ついさっきまでは階下(した)で笑い転げていたのに、いまは最後の審判の日が目の前に迫っているような顔をしている」両肩に手をかけられ、フランセスカは身をこわばらせた。

だって、階下にはベッドがなかったでしょう。

「そうかしら?」彼女は笑おうとした。「頭痛がしてきたみたいなんだけど」

「そう? もっとうまい嘘(うそ)はつけないのかい?」

「本当に頭が痛いのよ。あなたはわたしのこと、言葉の裏をいちいち勘繰ると言ったけど、それならわたしの言うことだって、どうして額面どおり受け取ってくれないの？」

「きみの言うことにはみんな裏があるからさ。とにかく、個人的な話はね。本や音楽や景色のことは楽しそうに話すが、少しでも個人的なこととなると、きみの考え方は筋道が通らなくなるようだ」

「わたしは聞き分けのない子供じゃないのよ、オリバー。子供を宿した一人前の女なのよ」

「ここだけはね」てのひらでおなかをさわられて、彼女は震えた。オリバーが低い声で笑う。「そしてここ」つぶやいて、さらに手を下に滑らせた。

フランセスカは身を引いて、語気を荒らげた。「これはゲームではないのよ！」

「わかってるさ」オリバーは唇を引き結んだ。フランセスカは窓辺に行き、カーテンを閉め始めた。何かしていないと、二人の間に突然生じた、びりびりするような興奮は冷めそうにない。彼女は両腕で体を抱くようにして、窓を背に向き直った。

「あなたとは寝られないわ。どうしてもだめ」

「どうしてだめなんだ？」ぶっきらぼうにきく。

「そんなことをしたら自分の顔がまともに見られなくなるから」フランセスカは穏やかに答えた。「自分を憎むことになるからよ。あなたにはたぶん理解できないでしょう。一度そういう仲になっていながら、いまさらしり込みしても手遅れだし、おなかにはあなたの子供までいるんですものね。ただ……」

「ただ、きみはぼくと一度寝て、それからは何もかもすばらしくなるだろうと思っていたのに、そうはならなかった。そういうことだね？」

「ある意味ではね。二人はそれぞれ間違った理由で深い仲になってしまったのかもしれない。でもだからといって、同じ間違いを続けることはないわ」

「つまり、この結婚にはいつまでたっても初夜はないってことだね？」

　そう言われてみると、さっきからなぜオリバーがいら立っていたのかよくわかる。けれど、そんな彼の考えに押し切られるわけにはいかない。

「どうせ、わたしなんて欲しくはないんでしょう、本当は？　あなたが欲しいのはイモージャンなのよ。わたしとはたまたまそうなっただけなんですもの」

「イモージャンのことは関係ない！　ぼくを見て」機敏でしなやかな身のこなしで近寄ってくる。「真っすぐぼくの顔を見て言うんだ、ぼくに惹かれてないと」

　オリバーの手が顔に触れる。声は怒っているけれど、触れ方は奇妙に優しくて、指先でそっと愛撫されるとフランセスカは息遣いが速くなった。

「それとこれとは話が違うわ」小さな声でつぶやく。「たまたま惹かれたからといってベッドをともにするなんて、動物的な本能よ」

「欲望を罪のように言うんだね。だれかれなく寝るわけじゃないだろう？　ぼくたちは夫婦だよ」

「残念ながらね」

オリバーは低く毒づき、それから感情を抑えて言った。「ぼくはシャワーを浴びてくるよ。きみには何も無理強いはしないから安心したまえ。きみはね、フランセスカ、男心をそそる女かもしれない。だがその魅力にも限界はある」

「ええ、わかってるわ」欲望にだって限界があるわ。そう言いたかった。それは火のように燃えるけれど、やがて消えてしまう。愛がなければ欲望を無限に燃えさせておくことはできない。

オリバーがバスルームに入り、ドアを閉めるまで、フランセスカはそちらを見ないようにしていた。

けれど、彼の姿が消えたとたん、素早く服を脱いでネグリジェに着替えた。白いレースのビクトリア朝風のネグリジェで、取り澄ました処女の気分にさせられるけれど、長年愛用していて着心地はいい。

うとうとしかけたとき、オリバーが横に体を滑り込ませてきた。とたんに緊張して、すっかり目が覚めてしまった。わたしが彼をどんなに求めているか認めさせようとするかしら？　けれど、オリバーはすぐに向こうを向いてしまった。何年にも思われる間、寝息をうかがっていたけれど、まぶたがだんだん重くなり、彼が本当に眠っているのかどうか、もうどうでもよくなった。

目覚めたときは、朝の三時を少しまわっていた。初めに目に飛び込んできたのが、ベッド脇の小さなキャビネットの上の携帯用デジタル時計だったのだ。

目覚めたのはオリバーの腕が体にかかったせいだった。そのぬくもりと重みから身を引こうとしたけれど、もがけばもがくほど、体は寄り添ってしまう。背中に彼の胸がぴったりと押しつけられているのだ。もう一度動くと、腕が一瞬、強く体を抱き締めた。けれどそれは反射的なものだったらしい。その証拠に、穏やかな寝息が聞こえる。誘うように押しつけられる体から逃れようと、フランセスカはゆっくりと寝返りを打ち、向き合う姿勢になった。

そして顔を上げて初めて、オリバーが目を開けて見ているのに気づいた。

彼女は息をのんだ。「起きてたのね！」

「ああ」腕をのけ、向こう向きになろうとする。

「この部屋、寒いわね」朝の三時というのに、わたしはなぜこんな会話をしているのかしら？

「エアコンを切ろうか？」また向き合うように、体を少し傾けて彼がきく。声がよそよそしい。

「いいえ、切ったら暑くなりすぎるわ。窓は開けたくないし。この辺りの蚊って狂暴そうだから」

「わかった」

「虫よけの薬を何か持ってきた?」

「いいや。朝のこんなとんでもない時間に、どうしてこんな話をしているんだ?」

わからない。わかっているのは、彼の体が隣にある感触が好きだということだけ。

「これは会話ではないわ。ただの質問よ」

「だって、問答ゲームを始めるにも、かなり非常識な時間だよ。だからもうおやすみ。今度きみにくっつきすぎたら、押しのけてくれていいよ」冷ややかな声だが、怒ってはいない。

「オリバー……」

「今度はなんだい?」

わたしにもわからない。ただあなたが欲しいだけ。明日はどうなろうとかまわない。そのすばらしい体に手も触れずに夜を過ごすことはできない。

彼の脇腹にそって手を走らせ、何も身につけていないことに気づいてフランセスカはどきっとした。

オリバーがその手をとらえ、冷たい声で言った。「こういうゲームをする時間でもないよ」

「ゲームではないわ」声がかすれていた。

「きみは自分が何をしているのかわかってないんだ。さっきまでぼくに抵抗していたくせに、いまは愛撫をせがんでいる。でも、そうはいかないよ。ぼくは、きみの気まぐれを根気よくきいてやるような坊やじゃないからね」

「そうよ、あなたはそんな坊やじゃないわ」フランセスカはいっそう寄り添って唇を重ね、舌先を彼の唇に走らせた。けれどなんの反応もなく、体にかかった手に力がこもり、彼女は身を引いた。

「ぼくに触れたら自分を憎むことになると言ってたのはどうなったんだ?」フランセスカが答えないでいるとオリバーは手を離した。「そうなっても自尊心を保っていけると、暗闇に包まれてベッドの温かさにくるまっているうちに、考えが変わったのかい?」

あざけるように言われ、フランセスカの目に涙が光った。「そんなこと、考えもしなかったわ」

「でも、そこがきみの困ったところだろう?」

不意にやみくもな怒りに駆られ、フランセスカはくるりと背を向けるとベッドを滑り下りていた。

「いったいどこへ行こうというんだ?」オリバーが起き上がってきく。

フランセスカは完全に混乱していた。まるでジェットコースターに乗ってぐるぐるまわっているうちに、体だけが先に行って、気持が追いつかなくなってしまったようだった。

さっき自分が何を言ったかはわかっている。明かりを落とした寝室の親密さの中では、分別も理性も役に立たない。自分を守りたいけれど、そんなことをして結局なんになるのかしら？ 彼に本当の気持を悟られていないと知って、何かの役に立つの？ たとえ一時的にしろ幸福になれるたった一つのものを拒むみじめさに、それは価するかしら？

頭の中でだんだん大きくなっていく疑問は、ばらばらになったジグソーパズルのようだった。その断片をもとの場所におさめられさえすれば、答えが出てくるような気がするのだけれど。

「考えたいの」叫ぶように言って、オリバーがベッドから下りようとしたときには、もう部屋を飛び出していた。

フランセスカは走った。オリバーが明かりのスイッチに駆け寄り、手当たりしだいに何かを身につけている姿が目に浮かんだ。そう思うと、なお足が速くなり、人気のないロビーを抜け、庭に出て、浜辺へと走った。

外は暖かくてむっとし、辺りでは夜の生き物の小さな声がしていた。こおろぎやかえるや名も知らない虫たちが、鳴き交わしている。

フランセスカは草の上を飛ぶようにして、いっそう速く走った。白いネグリジェが風にひるがえる。寝室という危険な場所では身を守ってくれるように思えた丈の長いネグリジエが、いまではむしろ邪魔に思える。彼女は裾を片手でからげて走った。墨を流したような夜の闇に細長く広がる海が見える。浜辺には考えをまとめるのに必要な静寂があるだろう。彼女は海に向かって走った。

後ろを振り向くと、オリバーが追ってきていた。音もなく素早く動く人影が、矢のように距離を縮めてくる。

前を向き、一歩踏み出したとたん、苦悩をスローモーションで映したように石段を転げ落ちていた。

フランセスカは階段の下にぼろくずのようにほうり出され、身動き一つできずに、目を閉じてオリバーを待った。彼はすぐにやってきた。目を開けて見上げると、階段の上にそびえるように立った人影が飛ぶように駆け下りてきた。

「大丈夫か?」息せき切ってきく。オリバーが助け起こそうとすると、フランセスカの口から小さなうめき声がもれた。

「動けないわ」ささやくような声で言う。

「なんてことをするんだ、あんなふうに駆けだしたりして。けがはどこ? 脚? それとも足首をくじいた?」答えを待たずに子供を抱くように優しく抱き上げ、ゆっくりと階段を上ってホテルに向かう。

フランセスカは目を閉じた。声がぼんやり聞こえる。オリバーが命令口調でだれかと話している。

「医者に診てもらうことにしたからね。心配しなくても大丈夫だよ」オリバーはロビーに行き、彼女を膝に抱いたままソファに座った。

「平気よ」弱々しい声で言う。「お医者さまを呼ぶ必要はないわ。朝まで待てそうだから」あちこち傷だらけのような気がするけれど、それより、おなかのあたりがねじれるように痛み、それが何を意味するのか考えないようにした。

「よく聞くんだ、フランセスカ。きみはほんのちょっとだが出血している。だから朝まで待てない。フロントにホテルの医者を呼びに行ってもらった。近くに住んでいるそうだから、すぐ来てくれるよ」

「出血してるって、どういうこと？」涙がこみ上げてくる。起き上がろうとしたが、彼が抱いていて放さない。

「フランセスカ……悪かった。ぼくの責任だ」

目を開けて彼を見た。「わたしがいけないの。あんなふうに駆けだしたりして」つぶやくように言う唇をオリバーが指で押さえた。顔はいつものように冷静だが、押さえた指がかすかに震えていた。

医者がやってきた。フランセスカを一目見て、オリバーについてくるようにと言った。狭いけれど設備の整った診察室が一階にあった。

シャツ越しにオリバーの激しい鼓動が聞こえる。このままこうして、しっかり抱かれていたい。安心感がひしひしと伝わってくる。皮肉なものね。わたしの人生がめちゃめちゃになったのはこの人のせいなのに。でもいまこの瞬間、彼ほど慰めを与えてくれる人はほかにいない。

「さて、どうしました、奥さん？」オリバーに彼女を下ろす場所を示しながら医者がきく。

フランセスカは、やせて小柄な医者の浅黒い知的な顔を見た。「こんな時間にたたき起こしてしまって、すみません」

「医者になる以上、これくらいのことは覚悟のうえですよ」体を優しく触診しながら目は忙しく傷を確かめている。「妊娠してますね？」彼女はうなずいた。「何事もないか調べてみたいが」医者はオリバーを見た。「ご主人もここにいますね？」

オリバーはうなずいて彼女の手を取り、顔から髪をかき上げてやった。

その手にフランセスカはしがみついた。何もかもがまたたく間に起こったようだった。頭の中で気がどうかしそうなほどどうるさくがなり立てる考えを黙らせなくてはならないと、わたしは切迫した思いに駆られていた。そして部屋を飛び出し、次にはもうあの石段を、なすすべもなく転げ落ちていたのだ。

落ちると感じた瞬間から、下まで落ち続けるしかないとわかっていた。

医者の質問に答えながら、フランセスカは精根尽きたような疲労を感じていた。医者が体を起こした。

「落ち方がまずかったな。骨は折れていないが、出血してますからね。流産の恐れがある」

そうではないかと思ってはいたけれど、それを口に出して言われると、ひょっとして思い違いかもしれないというかすかな希望も奪われてしまった。フランセスカはうめいて、目をつぶった。

「恐れとはどういうことです?」オリバーがきいている。「もっとはっきりわからないんですか?」

フランセスカは二人の声に耳をふさぎたかった。けれど、二人の声以外、何も耳に入らない。

「妊娠中に転落しても、普通は心配ないんですよ。赤ん坊は羊膜の袋の中で保護されていますからね。だが落ち方によっては流産を招くこともある。奥さんは出血しているが、詳しい検査をするまではっきりしたことはわからないんですよ」

「では、その検査をすぐにしてください。すぐに」オリバーの声が耳ざわりに響く。

「それは無理だね」医者が穏やかに言う。「朝いちばんに病院で診てもらうように手配しておくから」

医者は小さな黒いかばんに診察器具をしまい始めた。お医者様はみんな黒いかばんを持っているのね。フランセスカは脈絡もなく考えた。赤や緑や紫でもいいのに。

紙切れに書いたメモを医者がオリバーに渡した。「ドクター・ジーロに診てもらいなさい。電話しておくから。それから……」医者はフランセスカを見て、安心させるように腕を軽く握った。「浜辺の夜中の散歩はもうだめだよ。部屋に戻っておとなしくしてなさい。心配ならいつでも電話できるように、すてきなご主人にうちの電話番号を渡したからね」

部屋に戻るころには五時近くになっていた。水平線上がかすかに白み始め、三時間もすればホテルはまた旅行客の出入りでにぎわい始めるだろう。

オリバーは彼女をベッドに横たえた。そして、さっきボタンをでたらめにとめて着たシャツを脱いで、ドレッサーの横の椅子にほうった。それから隣に来てベッドに腰を下ろしたが、表情は読み取れない。

「眠るようにしなくてはだめだよ、フランセスカ」

「眠れないわ。眠れるわけないでしょう?」痛みどめは二錠もらっていたが、傷がずきずきとうずいていた。「わたしがばかだったわ。あなたの言うとおりよ。衝動的に部屋から飛び出して、急な階段を転げ落ちるなんて」

「自分を責めるんじゃない。すんだことなんだ。検査がすむまで待つしかないよ」

「赤ちゃんを失ったら、すんだことではすまされないわ」

「最悪を考えるのはよすんだ」そっけない口調からすると、彼もすでにそれは考えていたらしい。

「考えずにはいられないわ。あなただってそうでしょう」フランセスカはオリバーを真っすぐに見た。「二人が結婚したのは子供のためなのよ。もしこの子がいなくなれば……」彼女は言葉を切った。続けたら、声がうわずるとわかっていた。「この子がいなければ」深呼吸をする。「結婚してる意味がないわ」

オリバーは立ち上がって両手をスラックスのポケットに入れ、部屋を歩きまわり始めた。背が高く堂々として上半身裸の姿は、神話の世界の人のようだ。「ぼくは仮定の話には乗らない」ベッドの足元で立ちどまり、彼女を見つめながらようやく答えた。

「あなたはわたしが不愉快なことに直面するのを嫌うと言っていたけど、そのとおりかもしれない。わたしはあなたほど強くないから……」

「自分を卑下しすぎだよ」

「そうかしら?」悲しそうにほほ笑む。「そうは思わないけど。わたし、ようやく成長し始めた気がするの。いままで繭(まゆ)の中で暮らしていて、ようやくそこからゆっくりと抜け出そうとしているみたい」

「繭の中で暮らしてたって悪くはないのに」オリバーはまたベッドの彼女の横に戻った。「ぼくは若いころ、何事にもあくせくしなくていいというのはどんな感じだろうって、よく思ったものだよ。ときどききみのことを考えたりしてたね」

「わたしのことを?」

「そう。きみのことは母から聞いて知っていた。きみが生まれたときからね。ぼくとは違う裕福な世界でどんな暮らしをしているんだろうと考えた」

「別世界にいたわけね」そのころのこの人を知っていたかった。この人が少年から大人になるところを見たかった。昔からこんな並外れた自信を持っていたのかしら? それとも必要からだんだんに身につけたもの? 恐らくその両方だろう。どんな環境でも成功するように生まれついている人なのだ。「わたしたちは違った世界から来たんだわ。だから、そこへ帰っていくべきなのよ。もし子供がいなくなれば、二人をつなぐものは何もないんですもの」わっと泣きだしそうで、フランセスカは顔をそむけた。

「子供がどうなろうと、きみは自由にしたらいい」不意に立ち上がって彼はまた歩きまわり始めた。

「いいの?」声に希望がなかった。喜びも。ずっと望んできたことなのに、ただあるのは絶望だけ。彼がそばにいなくては自由もなんの意味もない。

けれどオリバーは彼女の言葉を誤解したらしく、次に口を開いたとき、冷静な口調の底に邪険な響きがあった。「これで少しは安心できるだろう? さあ、もう眠って。九時には病院だから、あと四時間もない。ぼくは一泳ぎしてくるから」

「泳ぐ?」

「そうさ」彼は口をゆがめた。「ぼくが横に寝ていないほうが、早く寝つけるだろう?」

「でも、あなただって疲れたでしょう?」フランセスカの言葉にオリバーは冷笑を浮かべた。

「ほとんど眠らないということに慣れるのは、びっくりするほど簡単なんだよ。ぼくはいつも忙しく働いてきたから、眠りってのは、なくてもすむ一種の気晴らしだったんだ」オリバーは戸口で立ちどまった。「ところで、ぼくが眠りもせずに、成功を目指して働いていたころ、きみは何をしていたんだ?」

「眠っていたんでしょうね、きっと」

オリバーは声をあげて笑った。それから何かもう少し話したそうに見えたが、こう言っただけだった。「すぐに戻ってくるから、少し眠るといいよ」

彼は出ていった。フランセスカは横になったまま両手をおなかに当て、じっと天井を見上げた。

精密検査という越えなければならないハードルはまだあるけれど、とりあえずはほっとしていいはずだ。彼のプロポーズを承諾したのは間違いではなかったかという悩みも、わたしの愛に応(こた)えてもくれなければ応えることもできない人とどう暮らそうかと心配することもなくなったのだから。

でもほっとできない。オリバー・ケンプのいない人生を想像してみようとしてもできない。彼が体内深く入り込み、その存在をえぐり出すことがどうしてもできないというように。

ようやくうつらうつらしたらしく、オリバーに肩を揺すぶられ、起きる時間だと言われて目が覚めた。彼が戻ってきた音は聞こえなかったけれど、かなり前に戻ってきたらしく、シャワーを浴び、ジーンズとストライプの半袖(はんそで)シャツに着替えていた。

「わたしもシャワーを浴びないと」

「じゃ、急いで。十五分で車が来るから」

フランセスカはあわててシャワーを浴び、まだ出血していることに気づいたが、その兆候に、もういまから覚悟を決めておくことにした。

「早くして」ドアの向こうからオリバーがせき立てる。フランセスカはそそくさと髪を後ろで三つ編みにし、薄手のデニムのワンピースを着た。

「少しは気分がよくなったかい?」部屋に戻るとオリバーがきいた。彼女は首を横に振った。

「怖くて。わたし、こういうのに弱いから」

「ぼくが二人分強いから大丈夫さ」

病院は思ったより小さかったが、二人はすぐに待合室に通され、そのころにはフランセスカの不安は手で触れられるほどにつのっていた。

テーブルに月遅れの雑誌が積み上げられていた。うわの空で一冊を取り、ぱらぱらとめくってみたが、文字はほとんど目に入らず、横に座っているオリバーのことばかり気になった。この人、いったい何を考えているのかしら？

待合室は比較的すいていた。向かいには、おなかのかなり大きな女性が二人座って、この土地特有の歌うような調子でひそひそと言葉を交わし、横には、産科病棟ではなく学校に行っていなくてはならないようなローティーンの少女が座っていた。

医者に名前を呼ばれ、フランセスカは思わずオリバーの手を取った。オリバーもそれを待っていたらしい。二人はそろって診察室に入っていった。

「楽にして」医者が言う。「脚をベッドに真っすぐ伸ばして。怖がることはないよ、痛くないからね」

医者がモニターを二人で同時に見られるように回転させた。するとそこに確かに存在していた。ふわふわして小さく、でも力強く動いている。とたんに、医者の言葉は何一つ耳に入らなくなった。フランセスカは目の前のモニターの映像にすっかり心を奪われていた。これがわたしの赤ちゃん、わたしたちの赤ちゃん。

「元気なようですね」医者は、機械が描き出す奇跡に、なんの感動も覚えていないらしい。彼にとっては、毎朝目にする多くの映像の一つにすぎないのだ。

「じゃ、この子は助かるんですね？」おそるおそる彼女が尋ねると、医者が初めてにっこりした。

「そのはずです。だが、わたしなら、もう二度と階段の上から身投げなんかしないようにしますよ」

十五分後、外に出ると、太陽がぎらぎらと照りつけていた。どんなに長くかかっても待つようにと言われていたタクシーの運転手が、車の窓を開け、新聞でばたばたと顔をあおいでいた。

フランセスカはぐるりとまわりを見た。世界がすばらしく見える。

「フランセスカ」車に乗ってオリバーが言った。「ぼくたち、いろいろ話し合わなくてはね」

10

　だが車の中では話をしなかった。フランセスカは窓の外の目にしみるような緑の木々や澄み渡った青空、絵葉書にあるような景色を眺めた。けれど、心の中ではさまざまな思いをゆっくりめぐらしていた。

　オリバーが何を話したいかはわかっている。結婚をどのように解消するか話し合わなければならないのだ。ハネムーンも終わらないうちに破局を迎えた結婚にどう対処するのか見当もつかないけれど、難しくはないはずだ。何枚かの書類に署名すれば、二人の仲は始まらないうちに終わってしまうのだ。

　ただ、本当はずいぶん前から始まっていたのだけれど……わたしがあのオフィスに足を踏み入れた瞬間から。オリバー・ケンプを一目見たとたん、心の奥深くに火がともったのだ。そして、その火は、一枚の紙切れがもうそんなものは存在しないのだと告げても、いつまでも燃え続けるだろう。

　車がホテルの前でとまり、二人は降りた。けれどフランセスカはどうしていいかわからず、ぐずぐずしていた。

「プールを見下ろせるバーがあるんだ」オリバーが、支えないと倒れるかもしれないと思ってでもいるように彼女の腕を取って言う。

バーの小さな丸いテーブルにつき、飲み物が運ばれてくると、フランセスカは早く気持をすっきりさせたくて、せっかちに切り出した。「あなたが何を話したいのかわかっているわ。離婚の手続きと生まれる子供に会う権利のことでしょう？　でもその話、イギリスに帰ってからでいいんじゃない？」

照りつける太陽や、プールサイドをものうげにぶらつく二人連れ、浜辺に打ち寄せる波のささやき、花から花へと飛び交う小鳥たち。そんな中でこういう話をするのは悲しいほど似つかわしくない。美しさのいちばん悪いところは、醜いものをいっそう醜く見せることだ。

オリバーは答えなかった。立ってベランダの手すりから身を乗り出し、プールを見下ろしている。それから手すりを背に振り向いた。「イギリスに戻るまで延ばすつもりはない。待てないね」

オリバーは注文したフルーツジュースをぐっとあおり、グラスを慎重にテーブルに置いた。フランセスカの頼んだフルーツカクテルは、小さく切ったいろいろなフルーツが入っていて、子供の喜びそうなミニチュアの旗を立て、マドラーが添えてある。彼女はマドラーでかきまぜたグラスをのぞき込みながら思った。座ってくれればいいのに。立って見下ろされていると不安になってくる。

「ここでは話はできないよ」オリバーが不意に言い、グラスを取り上げて飲み干した。不安より好奇心からフランセスカは目を上げた。

彼の態度には、はっきりとは言えないけれど、どこか身構えているような感じがある。

「浜辺に散歩に行こう」

「この靴で？」サンダルの足を突き出してみせる。

「そんなもの、浜辺のテーブルのそばに脱いでいけばいいじゃないか」彼は頭ごなしに言った。

「そんなにどなることないでしょう」

「きみにわからせるには、どなるしかないんじゃないかと、ときどき思うよ」

「まあ、それはどうも！　ほかにほめてくださるところはない？」

「きみが悪いんだ」聞こえないほどの声でつぶやき、先に歩いていく。その大股な歩調に追いつこうと、フランセスカは急いだ。「きみのおかげでぼくは自分で自分がわからなくなる」

「そう、今度は何もかもわたしのせいにするのね」彼女はあざけった。「走るの、やめてくれない？」

すれ違ったカップルが、その語気に振り返った。横目で見ると、男のほうがにやにやしている。まったく女ってのはみんな同じだな、と言っているような笑いだ。どんなにデラックスな旅行に連れていっても、何かどなる種を見つけるんだから。

オリバーに追いついて、声を落としてフランセスカは言った。「浜辺で追いかけっこをするつもりはありませんからね。イギリスに帰るまでどうしても待てないのなら、バーで話し合えはいいでしょう?」

返事もせずにオリバーは、パラソルが日影を作っているビーチテーブルの一つに近づき、ぽんぽんと靴を脱いでジーンズの裾(すそ)を数回折り曲げた。シャツも脱ぎ、それから彼女を見た。

そんなふうに見ないで、とフランセスカは思った。はっとするほど明るいブルーの目でじっと見られると、まともにものが考えられない。フランセスカもサンダルを脱いで、並んで歩きだした。

長い浜辺だった。軽食堂の辺りと、寝椅子や砂の上に敷いたタオルの上には人々が寝そべり、何人か水に入っている人もいるが、その向こうは人影もなく、足跡もない砂浜が延々と続いている。

人は、いくらでも散らばることのできる広い浜辺でも、一箇所に群がるらしい。なぜかしら? そばにだれかがいるほうが安心できるから?

そういう集団心理はオリバーにはないらしく、浜辺の端のほうまで歩いていく。フランセスカは黙ってついていった。言うことがないからではなく、オリバーの全身から張り詰めた緊張感が伝わってきたからだ。

のんびりと日光浴をしている人々からかなり離れ、長々と寝そべった人影がいまは遠くに点のように見える。オリバーは一本の丸太に近づいて腰を下ろし、小枝で砂にいたずら書きを始めた。

不意に思い出がめくるめく勢いでよみがえってきた。日がさんさんと照っていた、父親との休日の思い出……。わたしも同じことをしていたわ。砂に何時間も何かを描き、描くはしから波がそれを洗い流していくという現象に魅せられて。

オリバーはいい父親になるだろう。唐突に彼女は思い、胸が苦しくなった。が、その苦しみを胸にしまい込み、丸太に並んで座った。そして、爪先を温かい砂に突っ込んでもぐら塚のような小山を作り、すぐに崩してはまた作った。

「父が……いい弁護士を紹介してくれるでしょうから……」口ごもりながらフランセスカは始めた。

「弁護士はいらない」オリバーは顔をそむけ、にべもなく言う。

「何もかもわたしたちだけでするってこと?」眉を寄せて見ると、オリバーはその視線をまじろぎもせずに受けとめた。

「そんなことは言ってない。きみはどこまでばかなんだ、フランセスカ。かんで含めるように説明しなくてはならないのかい？　弁護士はいらない。なぜなら離婚はしないからだ。これでわかったかい？　それとも紙に書いて見せようか？」

「でも、あなたは言ったでしょう……」

「自分が何を言ったかくらい覚えている。だが、気が変わったんだ。離婚はしないよ、フランセスカ」

「どうして？　赤ちゃんが無事だったから？」まぶたの裏が熱くなる。

「なぜなら」オリバーの顔に血が上った。「きみはぼくのものだからだ。そして手放すつもりはないから。絶対にだ。わかったかい？　きみが離婚を望むなら、ぼくは闘う。きみの負けさ」

「どうして離婚したくないの？　ルーパットがイモージャンを奪ったから？　そうなのね？」

オリバーは笑った。耳ざわりな笑い声だった。「まったく、女ってものは。ルーパットとイモージャンが何をしようと関係ないよ」

「そうかしら？　そんなはずないでしょう？　だって、あなたはまだ彼女を愛してるんですもの」

あきれ返ったという目でオリバーはフランセスカを見た。「愛してる？　イモージャンを？　彼女にどんな思いを抱いたにしろ、それは絶対に愛ではなかった」

その瞬間、だれかに抱き上げられ、くるくる振りまわされているような感じがした。

「それなら、なぜ彼女と結婚しようとしたの？」状況はほとんど変わっていないのだと自分に言い聞かせ、舞い上がろうとする気持を抑える。

「ぼくがばかだったからだ。手のつけられない大ばかものだったから。似たような境遇にあって、好意さえ抱いていれば、一生をともにするのに充分だと考えていたんだ」反論するなら、いくらでも受けて立つ覚悟はあるといった口調だ。

けれどフランセスカは、心の中に着実に育ってきている興奮の小さな種を抑えるのに懸命だった。

「そしていまは、赤ちゃんがいればそれができると思っているの？」

「そうじゃない」

この人は何を言おうとしているのかしら？　奔放な希望に引きずられ、いまにも答えにたどり着けそう。けれどそこに行き着く前に、目に見えない壁に何度もぶつかってしまう。

「ぼくに何を言わせたいんだ、フランセスカ？」オリバーがぶっきらぼうに言って、小枝をぽいとほうった。小枝は砂の上に転がっているやしの実の横に落ちた。わたしはあの小枝にどこか似ている。しばらく宙を飛んでも必ず落ちてしまうあの小枝に。気をつけないと、人をつまずかせようと、現実がいつもすぐそこで待ち構えている。

彼と過ごした夜、情熱のおもむくままに愛撫に応えたとき、雲のはるか上を飛ぶことがどんな気持かわかった。でも、それは長続きしなかった。

「わかるように言ってほしいだけ」

「自分でもわからないのに、きみにわかるように、どう言えばいいんだ？」オリバーは立ち上がって、海のほうを眺め、それから、さっきよりずっと彼女に寄り添って座った。「きみのような人に、いままでぼくは惹かれたことがなかった」

「それはもうさんざん聞かされたわ」

「きみは何不自由なく育ち、欲求も欲望も野心も知らない。真綿にくるまれた人生を送ってきた」

「わたしのせいじゃないわ！　わたしが頼んでお金持の家に生まれたわけじゃないんだから」

「それにきみはきれいだ」彼女の抗議を無視して続ける。「男どもが、いや、トンプソンのタイプから判断すると、坊やたちが、五万ときみの奴隷になっただろう」

「あら、五万どころか、五百万よ！」

「だが、ぼくはきみのような女性には全然魅力を感じないと思っていた」

オリバーに見つめられ、その目のぎらぎらした光に体内に火花が散ったが、フランセスカは何も言わなかった。まるで時間がとまり、地球が回転を停止したようだ。

「ぼくは間違っていた」顔をそむけられるのを恐れるかのように、顎をつかんで言う。「きみがぼくのところで働きだしたとき、ふと気づくとぼくはきみをこっそり見ていた。監督する必要があるからだと自分に弁明しながらね。面接のときに見せた能力が本物かどうか仕事ぶりを見る必要があるからだ、と。だが、しばらくするうちに、それではごまかしきれなくなった。見てしまうのは、きみに惹かれているからだった。それも日増しに強くね」

「本当に？」フランセスカは目を丸くした。「そんなふうには全然見えなかったわ」

「自分自身にさえそれを認めたくなかったんだから。ぼくは、ぼくと考え方が同じだと思う女性と婚約していた。そのときぎみがぼくの人生に現れた。それから、不意にすべてがおかしくなってしまった。ぼくはきみのとりこになってしまったんだ。あの夜、シャンペンを持ってきみのアパートに行ったのも、思いやりなんかではなかった。ただもう会いたいばかりだった。そして……ああ、きみがベッドにぼくを誘って、着ているものを脱いだとき、これほど美しいものは見たことがないと思った」

フランセスカの体を歓喜が駆け抜けた。

「でも、あなたは帰ってしまったわ」

「仕方なかったんだ。きみは酔っていた。ぼくも考える必要があった。いったい自分に何が起こっているのかをね。イモージャンがトンプソンという男とつき合いだしたときは、ありがたくて、ほっとしたものさ」

フランセスカが指先でオリバーの顔をそっと愛撫すると、彼はその手を取って開かせ、てのひらにキスをした。

「ぼくはきみのところに戻っていった。戻っていけば、きみを抱かずにはいられないとわかっていた。あんなにだれかを欲しいと思ったことはないよ。きみの心も体もぼくのものにしたかった。そして、ほんのつかの間、それができたと思った。だが、そのあと、すべてがおかしくなってしまった。ぼくが海外にいる間に、きみは電話でどんどん冷たくなっていって、ぼくは気がおかしくなりそうだった」

「どうしようもなかったのよ」フランセスカは静かに言った。本当は、燃え立つような幸せに、にっこりし、叫び、笑いだしたかったけれど……。「妊娠していることに気づいて、おまけに、あなたがわたしとそういう関係になったのは、本当に欲しい女性が手の届かないところに行ってしまったからだと考えるようになっていたから」

「よくも、そんなことが考えられたものだ。ぼくが愛しているのはきみだけだというのに」

「ダーリン」フランセスカはささやいて、きらきらした目でオリバーを見た。「わたしのオリバー、それなのにわたしは自分一人が苦しんでいると思っていたの。どうしてわたしがそっけなくなったと思う？　あなたを愛していたからよ。でも、その気持に応えてもらえないと思うと、つらくて」

オリバーが身を乗り出し、激しく飢えたようにキスをした。フランセスカは腕を彼の首にまわし、二人で砂の上を転がりながら、声をあげて笑った。

「おかげでぼくは地獄の苦しみだった。妊娠していると知ったときは、子供こそきみのもとに戻るパスポートだと気づいた。そして、きみが深く考える暇のないうちに結婚することにしたんだ。ぼくは欲しいものを手に入れるために、法こそ犯さなかったが、あらゆる手を使った」

「でも、許してあげるわ」

「だれが許してくれと言った？　フランセスカ、ぼくを愛していると言ってくれないか。何度も何度もぼくをこんな目に遭わせた、それが罰だ」

「愛しているわ、オリバー・ケンプ」フランセスカはささやいて、オリバーがワンピースの襟元から手を入れて豊かな胸を愛撫し始めると、あえぎをもらした。

「それをどんなに聞きたかったか。ヘレンをきみの後任にしたと言ってなじられたとき、やいているなと感じた。きみにそれを認めさせたかったよ。嫉妬でおかしくなりそうなんだとね。そうすれば、そこに、ぼくが読み取りたいものを読み取れたのに」

「本当はそうだったの。わたしの仕事を手に入れたと彼女に聞かされたとき、あの人を憎んだわ」

「ヘレン・スコットも、これからは慎重に振る舞わないとただではすまなくなるだろう」険しい声で言ってから、オリバーはにっこりした。「ぼくの奥さんが会社に来て、二人で昼食に出かけるのを見れば、当然の報いを受けることになるけどね」

「彼女、面白くないでしょうね」フランセスカは答えたが、幸せすぎて、だれかに悪感情を抱く気にはとてもなれなかった。

「子供がいなくなれば結婚の必要はなくなるときみに言われたときのぼくの気持、わかるかい?」

「でも、あなたも賛成したわ!」

「ぼくにもプライドがあるからね。だけど、言葉が口をついて出る前から、きみを手放すことはできないとわかっていた」

フランセスカはうれしそうに笑った。オリバーは首筋にキスをし、ワンピースのボタンを全部外して、うずいている胸元を開いた。その胸に唇を寄せられたとき、フランセスカはすすり泣きのようなつぶやきをもらして、さらに先を待った。

「きみはとても変わっている」顔を見上げて言われ、フランセスカはほほ笑んだ。満ち足りた、夢見るようなほほ笑み。もう、その微笑の下にある愛情を隠そうと苦労することもない。「きみを見ていればいるほどきみのことがわかってきて、その違いの一つ一つが驚きだった。きみが現れて初めて、ぼくの人生がどんなに味気ないものだったかわかったんだ。よろい戸を下ろした暗い部屋に一筋の光がさし込んだようだった。初めはそれを無視しようとした。次には警戒したが、ついには真実から身を隠していることができなくなった。きみのいない人生なんて無意味だった」

脚からおなか、胸へと愛撫され、フランセスカはため息をもらした。終わりのないトンネルの中にいるなんて？　いちばん暗いのは夜明け前だというけれど、そんなことは信じられなかった。

二度と幸せになれないなんて、どうして考えたのかしら？

目の前にある優しく男らしい顔を見ていると、体内に育っている命は、いまこの瞬間からずっと、愛と幸せに包まれ続けるに違いないと確信できる。命の誕生がすべてそうでなければならないように。

●本書は1997年9月に小社より刊行された作品を文庫化したものです。

一夜の後悔
2024年7月1日発行　第1刷

著　者　キャシー・ウィリアムズ

訳　者　飯田冊子（いいだ　ふみこ）

発行人　鈴木幸辰

発行所　株式会社ハーパーコリンズ・ジャパン
東京都千代田区大手町1-5-1
04-2951-2000（注文）
0570-008091（読者サービス係）

印刷・製本　中央精版印刷株式会社

定価はカバーに表示してあります。

この書籍の本文は環境対応型の植物油インクを使用して印刷しています。 

Printed in Japan © K.K. HarperCollins Japan 2024 ISBN978-4-596-63732-1

7月12日発売 ハーレクイン・シリーズ 7月20日刊

ハーレクイン・ロマンス

愛の激しさを知る

夫を愛しすぎたウエイトレス ロージー・マクスウェル／柚野木　菫 訳

一夜の子を隠して花嫁は ジェニー・ルーカス／上田なつき 訳
《純潔のシンデレラ》

完全なる結婚 ルーシー・モンロー／有沢瞳子 訳
《伝説の名作選》

いとしき悪魔のキス アニー・ウエスト／槙　由子 訳
《伝説の名作選》

ハーレクイン・イマージュ

ピュアな思いに満たされる

小さな命、ゆずれぬ愛 リンダ・グッドナイト／堺谷ますみ 訳

領主と無垢な恋人 マーガレット・ウェイ／柿原日出子 訳
《至福の名作選》

ハーレクイン・マスターピース

世界に愛された作家たち
〜永久不滅の銘作コレクション〜

夏の気配 ベティ・ニールズ／宮地　謙 訳
《ベティ・ニールズ・コレクション》

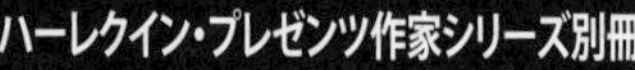

ハーレクイン・プレゼンツ作家シリーズ別冊

魅惑のテーマが光る極上セレクション

涙の手紙 キャロル・モーティマー／小長光弘美 訳

ハーレクイン・スペシャル・アンソロジー

小さな愛のドラマを花束にして…

幸せを呼ぶキューピッド リン・グレアム他／春野ひろこ他 訳
《スター作家傑作選》